Die Breisgau-Bohème

Jean-Marie Hämmerle und die

BREISGAU-BOHÈME

Sternwald Verlag

Die Deutsche Bibliothek - CIP-Einheitsaufnahme
FREIBURG-Krimi: Die Breisgau-Bohème
Freiburg: Sternwald Verlag, 2000
ISBN 3-9808633-3-6
NE: Heyberger, Renate; Marquardt, Udo

Hans-Albert Stechl
Sternwaldstraße 26
79102 Freiburg
Tel. (07 61) 31 4 14
Fax (07 61) 2 43 02
Internet: www.sternwaldverlag.de

1. Auflage 0 - 4.000: ISBN 3-9806539-5-1
2. Auflage 4.000 - 6.000: ISBN 3-9808633-3-6

Titelgestaltung: Boris Pfetzing & Andrea Fründt, KonText
Freiburg-Krimi-Logo: Andreas Verstappen
Satz: Boris Pfetzing
Druck: freiburger graphische betriebe

Inhalt

Partyhäppchen

Der Himmel über dem Münster war kobaltblau. In der Dämmerung leuchteten die ersten Sterne auf. Sanft strich der Abendwind durch die Geranien am schönsten Turm der Christenheit, die auch heute wieder von vielen Touristen aus aller Welt bewundert worden waren. Ein solches Spannungsverhältnis zwischen Kunst und Natur gab es nicht an jedem Kirchturm. Aber was war in Freiburg schon wie überall?

Von der Terrasse einer Villa auf dem Freiburger Lorettoberg blickte Jean-Marie Hämmerle hinunter auf seine Stadt. Er sah das Martinstor und das Schwabentor am Rande der Altstadt, die Dächer glänzten im Abendlicht und über allem ragte der Münsterturm mit seinen Blumenkästen ins dunkle Blau.

Das sollten die mal malen, dachte Hämmerle und schaute durch die geöffnete Terrassentür in den hell erleuchteten Salon, in dem alles versammelt war, was in Freiburgs Kunstszene Rang und Namen hatte. Aber die Künstler hier, überlegte er weiter und rümpfte die Nase, wären dazu wohl kaum in der Lage. Normalerweise war er schon froh, wenn er auf ihren Bildern überhaupt etwas erkennen konnte. Da war dieser Kokoschka schon ein anderes Kaliber gewesen, fand Hämmerle. Schade war nur, dass auf seinem Freiburg-Bild der Münsterturm bloß teilweise zu sehen war. Das hatte seinerzeit auch die Stadtoberen gewaltig gestört. Deshalb hatten sie das Werk des berühmten Malers nicht gekauft. Und das bereute man heute noch.

Aus dem Salon drang leises Stimmengemurmel. Die illustre Runde feierte den 50. Geburtstag des Freiburger Malers Tim Jung. Hämmerle beobachtete den Künstler aus den Augenwinkeln. Selbst in seinem eigenen Wohnzimmer trug er den strohfarbenen Panamahut, den Hämmerle aus der Zeitung kannte. So sieht man also aus, wenn man mit Gekrakel Millionen macht, dachte Jean-Marie neidisch. Zu allem Überfluss hatte Jung im Gegensatz zu ihm selbst nur einen minimalen Bauchansatz und sah für sein Alter auch sonst recht passabel aus, gebräunt, mit einem silbergrauen, tadellos geschnittenen Vollbart. Sein schwarzer Anzug roch förmlich nach Geld.

Auch die Gäste waren überwiegend schwarz gekleidet. Die Farbe war Programm, fand Hämmerle: Es ging zu wie auf einer Beerdigung. Da war er bessere Feten gewohnt. Hier stand man in kleinen Grüppchen beieinander und wälzte schwerwiegende Themen. Es ging um die Aktualität monochromer rechtwinkliger Flächen, um Performances und Pipilotta Rist, um städtische Zuschüsse angesichts des institutionalisierten Standortnachteils Südbadens und vor allem ging es um eine spektakuläre Aktion des Freiburger Museums für Neue Kunst. Erst vor kurzem hatte der neue Museumsleiter einen sensationellen Ankauf in die Wege geleitet: drei Frühwerke des Freiburger Malers Julius Bissier. Die bislang unbekannten Gemälde waren in einem amerikanischen Nachlass aufgetaucht und dem international renommierten Freiburger Kunsthändler Karl-Uwe Köselmayr angeboten worden. Der hatte den zuständigen Referenten in der Stadtverwaltung, Max van der Linden, informiert, der wiederum den Museumsleiter damit beauftragte, die Sache zu prüfen und den Kauf gegebenenfalls vorzubereiten. Da die Verkäufer anonym bleiben wollten, hatte Köselmayr als Kontaktmann fungiert. Mit Erfolg: Inzwischen hingen die Bissiers im Museum für Neue Kunst und sollten in Kürze „den Bürgerinnen und

Bürgern unserer Stadt übereignet“ werden, wie vom Rathaus formuliert worden war. Einfach lächerlich, regte Hämmerle sich auf. Immerhin waren die Bürgerinnen und Bürger selbst für die Bilder aufgekommen. In erstaunlicher Einmütigkeit hatten alle gesellschaftlich relevanten Kräfte Freiburgs, vom Oberbürgermeister, über die IHK, die Gewerkschaften und die Frauenvereinigungen bis hin zu den Kirchen und anderen Randgruppen, die Bevölkerung zu Spenden aufgerufen. Der Stadt, so der Oberbürgermeister, für den die Kunst Chefsache war, sollte die Schande erspart werden, die Werke ihres großen Sohnes womöglich an die Japaner zu verlieren. Allerdings, so der Bürgermeister weiter, für den auch die Finanzen Chefsache waren, war die Stadt **LEIDER** nicht dazu in der Lage, ihr Scherflein beizusteuern. Freiburgs Bürger spendeten daraufhin die stolze Summe von drei Millionen Mark (1.533.742,3312 Euro). Schließlich wollte man nicht hinter der schweizerischen Nachbarstadt Basel zurückstehen, wo die Eidgenossen ihren Kunstsinn immer wieder durch üppige Spenden unter Beweis stellten.

Na Alter, jemand haute Jean-Marie von hinten auf die Schulter, dass der Champagner in seinem Glas fast überschwappte. *Wieder mal am Denken?*

Dieter Pikulski grinste breit. Ihm war es zu verdanken, dass Hämmerle Zutritt zu dem erlauchten Kreis gewährt worden war. Pikulski hatte ihn einfach auf die Party mitgeschleppt. Die Kunstkritikerin Freia Schönfeldt war Dieters derzeitige Flamme, was sie eindeutig ernster nahm als er. Daraus hatten sich in der Vergangenheit schon einige Konflikte ergeben.

Die geht mir vielleicht was auf den Keks. Pikulski deutete mit dem Daumen zu Freia.

Hämmerle sah zu der Kunstkritikerin hinüber. Momentan stand sie bei Karl-Uwe Köselmayr und gestikulierte auf ihn ein. Der bekannte Freiburger Galerist war wie immer aschfahl und trug sein schütteres Haar, ähnlich wie Hämmerle, zu einem kleinen Zöpfchen im Nacken gebunden. In letzter Zeit machte ihm sein Hang zur Korpulenz etwas zu schaffen.

Stell dir vor, sagte Pikulski entnervt, *jetzt will sie, dass ich bei ihr einziehe.* Hämmerle pfiff leise durch die Zähne. Da war sein Freund in ernster Gefahr. Freia war gewohnt, dass sie bekam, was sie wollte. Nur einmal hatte sie in ihrem Privatleben eine kapitale Niederlage einstecken müssen, was von der Freiburger Kunstgemeinde mit offener Begeisterung registriert worden war. Ihre stadtbekannte Liaison mit Tim Jung hatte ein abruptes Ende gefunden, als Conny aufgetaucht war und Jung zum Standesamt geschleppt hatte.

Beruflich dagegen kannte Freia nur Siege und sie nahm keine Rücksicht. Davon konnte so mancher Gast an diesem Abend ein Lied singen. Dr. Gustav Reich zum Beispiel, der in Freiburg lebende Chefkritiker der FAZ in Sachen Kunst. Man munkelte, dass Freia erfolgreich an seinem Stuhl sägte und bereits inoffiziell als seine Nachfolgerin gehandelt wurde. Tatsächlich wirkte der ansonsten so gelassene Breitcord-Träger Reich an diesem Abend etwas angespannt. Immer wieder sah er zu Freia hinüber, fuhr sich mit der Hand durch sein halblanges, nach hinten gekämmtes silbergraues Haar und rückte die zierliche goldgefasste Lesebrille zurecht. Auch die Junge Wilde Paula Koch, die wegen ihrer fehlenden Oberweite und der raspelkurzen Haare von allen Pako genannt wurde, war ein Opfer Freias. Sie hatte Pakos erste Ausstellung gleich derart verrissen, dass diese vorübergehend zu ihrem gelernten Beruf Fremdsprachensekretärin zurückgekehrt war.

Aber das kommt nicht in Frage, kramte Pikulski weiter in seiner Beziehungskiste. *Den ganzen Tag lang dieses Gequatsche über Kunst. Sieh dich doch mal um.* Pikulski deutete mit seinem Kirk-Douglas-

Grübchen-Kinn in die illustre Runde. *Findest du das hier normal? Das hält doch nüchtern kein Mensch aus.* Er stakste zum Tresen.
Jean-Marie sah sich um. Eine Dame trat neben ihn. *Schauen Sie sich nur diesen Himmel an,* hauchte sie und riss ihre riesigen Telleraugen auf. *Total monochrom.*
Sie trug einen hautengen Schlauch, der jede Rippe einzeln betonte. Eine beringte knochige Hand zeigte nach oben:
Wie von Yves Klein.
Jean-Marie stand für einen Moment auf dem Schlauch. Er war Taxifahrer und Geisteswissenschaftler und trotz seiner 36 Semester Theologie, Philosophie, Ethnologie und Soziologie, alles ohne Abschluss, war ihm die moderne Kunst immer suspekt geblieben. Wenn überhaupt Kunst, dann war er eher ein Anhänger des Sozialistischen Realismus. Die Wände seiner Zweizimmerwohnung im vierten Stock eines Hauses in der Zasiusstraße zierten ein großformatiges Che-Guevara-Portrait in Öl, das er bei einem Straßenmaler erstanden hatte, und das Foto einer riesigen bronzenen Leninstatue. Trotzdem rückte er pflichtschuldig die runde Nickelbrille zurecht und legte den Kopf mit dem rötlich blonden Zöpfchen in den Nacken:
Genau, das ist irgendwie ...
Aber die Dame war schon weitergezogen. Immer der Linie nach. Im Nebenzimmer gab es Koks. Hämmerle hielt es eher mit der französischen Linie seiner Vorfahren und berauschte sich am Bordeaux und an seinem legendären, nach einem alten elsässischen Familienrezept selbst gebrannten Klaren. Von Zeit zu Zeit nahm er verstohlen einen Schluck aus dem Flachmann, denn auf der Fete gab es leider nur Champagner, um den Koks runterzuspülen. Dafür waren die Schnittchen klasse. Und das Beste daran war, dass fast keiner etwas aß. Von irgendwas mussten die Leute ja so dünn

sein. Wahrscheinlich, dachte Hämmerle, waren sie gar nicht so cool, wie sie immer taten. Wahrscheinlich waren sie nur unterernährt und dementsprechend schwach.

Außer Freia. Sie war ein anderes Kaliber. Unglücklicherweise war Dieter ihr geradewegs in die Arme gelaufen.

... dann kannst du deine Sachen packen und abhauen. Das passt ja sowieso alles in eine Plastiktüte, schrie sie mit schriller Stimme und warf ihre milvarote Mähne in den Nacken. Sie steckte sich eine neue Zigarette in den Mund. *Feuer!* befahl sie.

Schrei doch nicht so, zischte Pikulski mit hochrotem Kopf, während er ihr das Feuerzeug hinhielt, *das muss doch ...*

Ich schreie, wann ich will! Freia riss ihm das Feuerzeug aus der Hand. *Das kann ruhig jeder hören,* keifte sie. *Dass Dieter Pikulski,* sie hob triumphierend die Stimme, *in jeder Hinsicht ein Versager ist.* Sie lachte hämisch und sah in die Runde.

Das war zu viel.

Leck mich doch! brüllte Pikulski. Er stürmte an Hämmerle vorbei hinaus in den Garten.

Damit ist jetzt auch Schluss, keifte Freia ihm gehässig nach. Die Partygäste freuten sich. Endlich mal was Handfestes.

Es war Nacht geworden. Auf dem Fest war man wieder zu den wesentlichen Themen zurückgekehrt. Auch Hämmerle. Er hatte sich gerade mit einem neuen Berg Schnittchen versorgt. Langsam wurde er ein bisschen unruhig. Dieter war schon verdammt lang draußen. Er würde ihn hier doch wohl nicht allein lassen? Aus den Augenwinkeln beobachtete er Freia. Sie stand am Fenster, rauchte Kette und sah in den dunklen Garten hinaus.

Lieber Gott, dachte er, hoffentlich spricht sie mich nicht an. Vorsichtshalber drückte er sich in einen Sessel, der in einer Ecke stand,

halb verborgen von einer riesigen Holzskulptur. Hier war er einigermaßen sicher.
Außerdem schickte der Herr in diesem Augenblick einen späten Gast: Art Meineke, den neuen Leiter des Museums für Neue Kunst. Meineke hatte den Job erst vor kurzem übernommen, nachdem sein Vorgänger beim Abstecher der Tour de France nach Freiburg mit seinem Song über ein rotes Rennrad einen veritablen Hit gelandet hatte und in die Liedermacherszene abgetaucht war. Die städtischen Kulturpolitiker hatten die Gunst der Stunde genutzt und mit Meineke einen diplomierten Kulturmanager zum neuen Leiter des Museums für Neue Kunst gemacht. Der würde die dringend herbeigewünschten Events schon managen. Schließlich wollte auch Freiburgs Kulturpolitik im internationalen Vergleich ganz oben mitmischen, nachdem das im Sport bei der Tour de France so gut geklappt hatte. Meineke trat also ein schweres Erbe an. Zu allem Überfluss hatte sein Vorgänger vor seinem Abgang einen genialen Coup gelandet, der gleichermaßen Aufsehen erregend wie billig war. Meineke ärgerte sich immer noch, dass es nicht seine Idee gewesen war, einfach das eigene Magazin zu plündern und alles, was sich im Besitz des Museums befand, zu einer „Totalen" nebeneinander zu hängen. Es war ein Kinderspiel gewesen, die Gemälde chronologisch zu ordnen und dem dankbaren Freiburger Publikum dies als „Konzeption" für das anbrechende dritte Jahrtausend zu verkaufen: „An der Zeitenwende zu einer noch kaum überschaubaren Verwandlung von Wahrnehmung und Wahrheit", so hatte es im Ausstellungsprospekt gestanden, „möchte das Museum für Neue Kunst mit der Konzentration auf das eigene Vermögen ein Zeichen setzen. Die Ausstellung des gesamten Sammlungsbestandes, seine Präsentation in der Totalen, wird Werke zusammenführen, deren Existenz bisher weitgehend von Bewertungskriterien

zwischen Depotware und Meisterwerk stigmatisiert war. Dass Museen künftig auf Qualitätsmaßstäbe verzichten könnten, soll damit nicht demonstriert werden.“ Mit dem letzten Satz war sein Vorgänger fein raus, fand Meineke. Was er ihm allerdings noch im Nachhinein übel nahm, war die Tatsache, dass er an seinem neuen Arbeitsplatz im Museum von grauenhaften Schinken umgeben war. Wahrscheinlich, dachte Meineke finster, war sein Vorgänger auch deshalb abgehauen, um sich diesen Anblick zu ersparen. Mit Schrecken erinnerte er sich an Bilder wie Wladimir Zabotins „Kaiserschnitt“ und die „Drei Menschen in Landschaft“ von Hermann Scherer. Allein Scherers Farbigkeit trieb ihm die Tränen in die Augen. Er bevorzugte Schwarz. Leider war sein Vorgänger in einer früheren Ausstellung auch schon auf die Idee gekommen, die Bilder einfach umzudrehen und dem von dieser Idee begeisterten Freiburger Publikum lediglich die Rückseiten der Werke zu präsentieren. Das wäre auch etwas für Art Meineke gewesen.

Umso größer waren seine Zufriedenheit und die seines Dienstherrn, als er gleich zu Beginn seiner Freiburger Karriere den Kauf der Bissiers eingefädelt hatte. Seitdem war er der neue Darling des Oberbürgermeisters.

Meineke grüßte leicht in die Runde, klopfte dem Galeristen Köselmayr im Vorübergehen salopp auf die Schulter und schlenderte auf Freia zu. Hämmerle beobachtete den Museumsmann neidvoll aus seinem Versteck heraus. Der Typ sah echt gut aus, groß, hager, mit dichten Locken und gerade noch blass genug, um als Intellektueller durchzugehen.

Um seine momentane Situation allerdings beneidete er ihn nicht. Freia grinste den Museumsmann so blasiert an, dass einem angst und bange werden konnte. Ohne die übliche Bussi-Begrüßung packte sie ihn grob an seinem feinen Zwirn und zerrte ihn in die

Ecke, direkt vor die Skulptur, hinter der Hämmerle Zuflucht gefunden hatte. Jean-Marie blieb beinahe das Kaviarhäppchen im Halse stecken. Nur mühsam unterdrückte er ein Husten. Er machte sich so klein, wie es bei seinen 265 Pfund Lebendgewicht nackt auf der Waage eben ging.

... das sag ich dir, beim Klang von Freias Stimme stellte sich Jean-Maries Zöpfchen im Nacken auf, *die Bilder sind gefälscht.* Meineke und Freia waren so nah, dass er jedes Wort verstehen konnte.

Ich glaube, du bist total verrückt, schnauzte Meineke, *das ist völlig an den Haaren herbeigezogen. Die Bissiers sind echt. Das ist bewiesen,* zischte er. *Du bist doch nur karrieregeil. Für Reichs Job bei der FAZ tust du doch alles.* Seine Stimme bebte. *Du bist völlig durchgeknallt.*

Ich habe Beweise, trumpfte Freia auf. *Du hast dich verarschen lassen, du Diplom-Kulturmanager. Du mit deinem Kunstverstand. Du kannst doch einen Dali nicht von einem Picasso unterscheiden.*

Ich jage dir den Staatsanwalt auf den Hals, wenn du nicht den Mund hältst. Meineke packte Freia am Arm.

Hör doch auf, Freia riss sich los. *Du hast keine Chance. Die Bissiers sind falsch. Das Ganze ist ein Riesenbetrug. Ich dachte,* sie grinste herablassend, *es ist nur fair, wenn du es von mir erfährst, bevor es in der Zeitung steht. Mein Artikel ist fast fertig. Besser, du haust gleich in die Karibik ab. In Freiburg jedenfalls bist du fertig, nachdem du Experte den Leuten drei Millionen für falsche Bilder aus der Tasche gezogen hast.*

Meineke ballte die Fäuste. Dann drehte er sich abrupt um und rauschte ab in Richtung Bibliothek.

Einen Moment lang sah Freia ihm nach. *Weichei,* knurrte sie. Dann kippte sie ihren Schampus und stöckelte durch die Terrassentür hinaus in den dunklen Garten.

Mannomann. Hämmerle atmete tief durch. Wenn da was dran war, würde Freiburgs Kulturpublikum den Museumsleiter nach allen

Regeln der Kunst vierteilen. Dass er wohlmöglich drei Millionen in den Sand gesetzt hatte, würden ihm selbst die als leichtlebig verschrieenen Badener nicht verzeihen. Er konnte nur hoffen, dass wenigstens Dieter in Sicherheit war. Freia war offensichtlich zu allem fähig.

Mitternachtsspitzen

Gegen Mitternacht kam Bewegung in die Party. Conny Jung, die Künstlergattin, hatte offensichtlich eine Überraschung vorbereitet. Etwas außer Atem kletterte sie auf die improvisierte Bühne an der Stirnseite des Raumes.

Test, Test, Test, eins-zwei, eins-zwei. One-two, hört ihr mich? Sie hatte ein Mikrophon gepackt. *Hallo, hört ihr mich?*

Nur langsam ebbten die Gespräche ab. Unwillig wandten sich die Gäste ihrer Gastgeberin zu, die leicht derangiert auf dem Podest stand. Statt der Pflichtfarbe Schwarz trug Conny einen knallengen neongrünen Overall. Ihr pfirsichfarbenes Haar war mit Hilfe mehrerer Plastikhaarspangen in Form von Käsehäppchen nachlässig hochgesteckt worden und an ihren winzigen Busen klammerte sich eine verzweifelte Diddelmaus, die aussah, als würde sie jede Sekunde den Halt verlieren.

Ey, rief sie wieder. *Verdammt, hört doch mal zu.* Conny konnte ihre Herkunft nicht immer verleugnen. Sie kam aus einer der weniger privilegierten Regionen Deutschlands und hatte Jung im Dunstkreis der Art Cologne kennengelernt, wo sie als - sagen wir - Hostess gearbeitet hatte.

Jetzt haltet doch mal die Klappe, ich muss was ansagen! Die engeren Bekannten unter den Gästen sahen sich resigniert an. Da kam wohl wieder eine von Connys berühmt-berüchtigten Aktionen auf die Festgemeinde zu.

Und richtig.

Vier Herren, die sich mit ihren Korkenzieherlocken ähnelten wie ein Ei dem anderen, betraten die Bühne. Sie griffen ihre Bongos und Klampfen und stimmten sich auf den Höhepunkt des Abends ein.
So Leute, schnauzte Conny ins Mikrophon, *wenn ihr jetzt nicht augenblicklich ruhig seid, könnt ihr was erleben.*
Das saß. Sofort kehrte Stille ein. Conny war manchmal unberechenbar.
Na bitte, sagte sie, *geht doch. Also, ich stell euch jetzt jemand vor. Halt,* sie machte eine Pause und sah sich suchend im Raum um, *wo ist eigentlich Tim? Ey, Tim!* brüllte sie. *Komm sofort her, ich hab was für dich, Mann. Geht doch mal und sucht ihn. Also,* fuhr sie fort, *eigentlich kennt ihr sie ja alle. Aber wahrscheinlich habt ihr Pappnasen keinen Schimmer, dass sie auch eine echte Künstlerin ist. Ah, da bist du ja, Liebelein,* sagte sie zu Tim, der in der Terrassentür stand. *Hier ist meine Überraschung,* sie machte eine dramatische Pause, *hier ist Lilo!*
Conny huschte zum Lichtschalter und knipste das Licht aus. In der Dunkelheit waren schwere Schritte zu hören. Es rumste gewaltig, eine Gitarre gab seltsame Töne von sich. Dann sagte eine tiefe Stimme:
Mach wieder an, Schätzchen!
Hämmerle traute seinen Augen nicht. Im gleißenden Licht stand eine Person auf der Bühne, die ohne weiteres seine Großmutter hätte sein können – auch vom Körperumfang her. Nur hätte sich seine französische „grandmaman" niemals so in die Öffentlichkeit gewagt. In ihrem hautengen Goldlamékleid glitzerte die Dame auf der Bühne wie ein Weihnachtsbaum.
Conny klatschte heftig. Nur mühsam konnte sich das Publikum aus seiner Schreckensstarre lösen. Lilo gab den Musikern ein Zeichen. Die Lockenköpfe griffen tapfer in die Saiten. Dann setzte Lilo ein:

Für Dich soll's rote Rosen regnen, dir sollen sämtliche Wunder begegnen ...
Tim Jung, dem das Ganze galt, wäre vor Scham am liebsten im Boden versunken. Conny, diese blöde Schnalle, hatte es mal wieder fertig gebracht, ihn bis auf die Knochen zu blamieren. Das, so nahm er sich fest vor, war aber wirklich der allerletzte Schlussstrich unter ihre Ehe, Connys erotische Qualitäten hin oder her. In letzter Zeit hatte sie sowieso dauernd Kopfschmerzen. Mit Lilo hingegen verhielt es sich anders. Die musste er sich warm halten. Immerhin war Lieselotte König-McCarthy nicht nur seine Nachbarin, sondern auch die bedeutendste Kunstsammlerin und Mäzenin weit und breit. Sie hatte zwar nach Jungs Auffassung keine Ahnung, zahlte dafür aber umso besser. Er mimte dezente Begeisterung.
... will alles oder nichts ... Lilo kam langsam ans Ende. Bitte keine Zugabe, flehte Tim Jung inbrünstig. Aber seine Bitte wurde nicht erhört.
Zugabe, Zugabe, brüllte Conny in den lahmen Beifall.
Lilo ließ sich nicht zweimal bitten:
Danke, sie verbeugte sich leicht in Richtung Publikum, soweit es ihr Korsett zuließ. *Ich danke euch. Auch dir, lieber Tim. Auf Wunsch deiner Frau will ich euch jetzt noch ein Stück meiner alten Freundin Zarah Leander zu Gehör bringen.* Sie wandte sich mit großer Geste an die Musiker. *Bitte, Herr Kapellmeister!*
Als die letzten Töne von „Ich weiß, es wird einmal ein Wunder gescheh'n" verebbt waren, war auch das Publikum am Ende. Dr. Gustav Reich hatte schon vor längerem diskret den Raum verlassen. Auch etliche andere Gäste waren bereits nach den ersten Takten der Darbietung geflohen. Die verbliebenen Anwesenden klatschten lasch und drängten auf die Terrasse, um einer weiteren Zugabe zu entgehen.
Jean-Marie Hämmerle wurde langsam wütend. Dass Pikulski ihn

mit hierher geschleppt hatte, war die eine Sache. Dass er ihn stundenlang alleine sitzen ließ, den Künstlern und dieser Lilo ausgeliefert, war eindeutig zu viel. Er stemmte sich aus seinem Sessel und ging in den Garten, um Pikulski zu suchen.

Draußen war es finster. Die Fackeln auf der Terrasse waren längst erloschen. Auch die Lampions, die man am Treppenabgang zum Garten hin aufgehängt hatte, leuchteten nicht mehr. Hämmerle stolperte über einen Kiesweg. Rechts und links des Pfades machte er im Dunkeln die Umrisse von Statuen aus, die schwach im Mondlicht schimmerten. Ein Springbrunnen plätscherte. Keine Spur von Pikulski. Wahrscheinlich, dachte Hämmerle, war dieser Arsch schon längst nach Hause gegangen.

Hinter den Blumenbeeten lag das Gartenhaus, das Tim Jung als Atelier diente. Hämmerle ging um das Häuschen herum und bemerkte, dass die Tür nur angelehnt war und ein schwacher Lichtschein herausdrang. Vorsichtig spähte er durch den Türspalt. Der Raum war leer. Nur ein funzeliger Lichtkegel beleuchtete einige großformatige Gemälde, die an der gegenüberliegenden Wand lehnten. Selbst im Halbdunkel erkannte er die Handschrift des Gastgebers. Dasselbe Gekrakel, mit dem Jung seine ganze Villa voll gehängt hatte. Hinter den großen Leinwänden lugten ein paar kleine Arbeiten hervor. Schemenhaft konnte Hämmerle auf einem der Bilder das Freiburger Münster erkennen. Das musste er sich genauer ansehen. Vorsichtig schob er die Tür ein Stückchen weiter auf.

Das Licht kam von einer kleinen Taschenlampe, die mitten im Raum auf dem Boden lag. Hämmerle hob sie auf und ließ den Lichtstrahl kreisen. An einem dunklen Bündel auf dem Boden blieb er hängen.

Hallo? fragte Jean-Marie leise. *Ist da jemand?*

Als keine Antwort kam, griff er nach dem Lichtschalter neben der Tür. Im kalten Licht der Neonröhre sah er Freia Schönfeldts Leiche auf dem Bretterboden liegen. Unter ihrem Kopf breitete sich eine Blutlache aus. Jemand hatte ihr den Schädel eingeschlagen.

Immer Ärger mit Pikulski

Lilo König-McCarthy war die Erste, die ihre Sprache wieder fand. *Darauf einen Dujardin.* Sie walzte zur Bar und goss sich ein Wasserglas voll Gin.

Nach dem ersten Schock war Hämmerle zurück zum Fest gelaufen und hatte atemlos von seiner Entdeckung berichtet. An Freias Tod gab es für den erfahrenen Hobby-Detektiv keinen Zweifel. Nicht umsonst hatte er in den vergangenen Jahren in der Breisgau-Metropole eine Reihe von Kriminalfällen gelöst. Nun wartete man auf die Polizei. Mit Mühe hatte Jean-Marie die neugierige Partymeute davon abgehalten, durch den Garten ins Atelier zu trampeln und alle Spuren zu verwischen. Freias Leiche war nicht die erste, die er gefunden hatte. Trotzdem war er fix und fertig. Eine Tote war keine Kleinigkeit. Und wie er die Polizei kannte, würde man ihn auch noch verdächtigen. Immerhin hatte er auf der Tür zum Atelier und auf der Taschenlampe seine Fingerabdrücke hinterlassen. Harry Stefan, der Leiter der Freiburger Mordkommission, würde nichts lieber tun, als ihn, Hämmerle, wegen dieser lächerlichen Indizien so lange durch die Mangel zu drehen, bis er, der nach eigener Einschätzung letzte aufrechte Linke der Breisgau-Metropole, willenlos und dem brutalen Arm des Gesetzes ausgeliefert, sogar Dinge gestehen würde, die man ihm gar nicht vorgeworfen hatte. Die Methoden waren doch seit Jahrhunderten die gleichen, ob bei der Inquisition oder bei der Freiburger Kripo. Streckbank, Daumenschrauben, Wahrheitsdrogen. Und alles wegen Pikulski, der ihn hierher geschleppt hatte und jetzt in der Tinte sitzen ließ. Wahrscheinlich

hockte Dieter gemütlich zu Hause und sah sich einen alten „Derrick“ an. Ganz abgesehen davon, dass ihm jetzt noch schlecht war vom Anblick der Leiche. Zum Glück hatte er gerade Urlaub, sonst würde es auch noch in der Taxizentrale Ärger geben.
Trinken Sie noch einen, mein Lieber. Lilo drückte Hämmerle einem doppelten Gin in die Hand. *Sie sehen ja zum Fürchten aus. Fast so weiß wie unsere Pako.* Sie deutete zu der Künstlerin hinüber.
Die war in der Tat leichenblass. Kurz bevor Jean-Marie mit der Nachricht von der Toten im Atelier hereingeplatzt war, hatte Pako lauthals verkündet, dass sie Freia am liebsten den Hals umdrehen würde. Nun ging ihr der Arsch auf Grundeis.
Sie war nicht die Einzige, die eine Rechnung mit Freia offen hatte.
Na Gustav, Karl-Uwe Köselmayr, der korpulente Galerist, klopfte dem FAZ-Kritiker auf die Schulter. *Jetzt kannst du ja ihren Nachruf schreiben. Dabei haben wir alle gedacht, es käme umgekehrt.* Er grinste und strich sich über das Zöpfchen.
Reich fuhr herum:
Was willst du damit sagen? schnauzte er.
Cool Mann, reg dich ab. Du wirst ja wohl nicht behaupten wollen, dass dir, Köselmayr machte eine Pause, *Freias „Ableben“ Leid tut. Und überhaupt, wo warst du denn die ganze Zeit?*
An deiner Stelle würde ich die Klappe halten. Reichs Stimme klang gefährlich. *Oder glaubst du, wir wüssten nicht, wie du deine Geschäfte machst? Und Freia erst recht.*
Könnt ihr mal aufhören mit dem Quatsch? Art Meineke strich sich mit seinen langen schlanken Fingern nervös durch die Locken. *Überlegt lieber, was wir jetzt tun sollen.* Das würde einen schönen Skandal geben. Eine Leiche im Künstlerhaus und er dabei. Der OB würde toben. Mindestens.
Nach dem zweiten Gin hatte Lilo die Lage wieder im Griff. *Ruhe ist*

die erste Bürgerpflicht, sagte sie. *Das ist wie bei Agatha Christie, eine Leiche im Garten und das Haus voll mit Verdächtigen. Hach, ist das aufregend,* sie nahm noch einen Schluck. *Hast du noch eine Flasche von dem Zeug, Tim?* Sie drehte sich nach dem Gastgeber um.
Tim Jung antwortete nicht. Er stand wie angenagelt neben der Terrassentür. Conny dagegen war richtig in Fahrt:
Wir hätten sie ins Auto laden und in Weingarten rausschmeißen sollen, moserte Conny. *Jetzt zertrampeln die mir den ganzen Garten. Warum musste die Ziege sich auch ausgerechnet hier umbringen lassen?*
Ist euch eigentlich klar, Dr. Gustav Reich sah in die Runde, *dass wir alle verdächtig sind? Wer hatte denn hier keinen Grund, Freia eins über den Schädel zu hauen?*
Jetzt gehst du aber zu weit, Meineke trat auf Reich zu. *Ich verlange, dass du dich entschuldigst.*
Die übrigen Gäste murmelten zustimmend.
Wo warst du denn die ganze Zeit, du Unschuldslamm? Conny sah Meineke spöttisch an. Der Museumsmann lief rot an. In diesem Moment ging die Terrassentür auf. Tim Jung verschluckte sich fast an seinem Schampus. Im Türrahmen stand Dieter Pikulski. Er sah ziemlich mitgenommen aus. Das Hemd zerrissen, eine tiefe blutende Schramme im Gesicht.
Was glotzt ihr denn so? schnauzte er. *Ist die Party etwa schon zu Ende?*
Da klingelte es.

Als Harry Stefan, Leiter der Freiburger Mordkommission, Jean-Marie Hämmerle unter den Partygästen entdeckte, meldete sich sofort sein Magengeschwür. Die angebliche Breisgau-Metropole war ein Scheißdorf. Beinahe in jedem Kriminalfall lief ihm dieser Hämmerle über den Weg. So hatte er sich die paar Jahre bis zur Rente nicht vorgestellt, als er seinerzeit um seine Versetzung von Berlin

nach Freiburg gebeten hatte. Die Russenmafia, die polnischen Zigarettenschmuggler und die Drogenstricher am Bahnhof Zoo waren ihm einfach zu viel geworden. Als dann auch noch die gesamte Bonner Bande mit ihren schwarzen Aktenkoffern den Marsch auf die Hauptstadt angetreten hatte, blieb ihm nur noch der geordnete Rückzug in die badische Provinz. Schließlich kam seine Frau aus Tunsel bei Bad Krozingen. Aber gegen Berlin war Freiburg der reinste Horror. Lauter Rentner, Studenten und Künstler. Sogar die Tötungsdelikte waren in Freiburg gutbürgerlich. Da zog er doch ein handfesteres Milieu vor. Ganz abgesehen davon, dass er sich (als Leiter der Mordkommission!) die Hälfte seiner Zeit mit der Aufklärung des organisierten Fahrraddiebstahls und der unorganisierten Kriminalität im eigenen Haus herumschlagen musste.
Durch die dicken Gläser seines Kassengestells sah er sich um. Die Bilder an der Wand ähnelten dem Krikelkrakel seines Enkelsohnes, der gerade in den Kindergarten gekommen war, nur waren sie viel größer. Auch die Anwesenden kamen ihm eher seltsam vor. Ein altes aufgetakeltes Schlachtross, das mit einer Flasche Gin am Hals an der Bar lehnte, ein schrilles Gegenstück jugendlichen Alters in Froschgrün, der Rest in Schwarz, als hätten sie geahnt, was auf sie zukommen würde. Harry Stefan sammelte sich.
Wer von Ihnen hat die Leiche gefunden? fragte er in die Runde.
Einen Augenblick lang herrschte Totenstille.
Dann kam es aus den Tiefen eines Designermöbels:
Ich.
Der Kommissar schloss ergeben die Augen. Er hatte gewusst, dass auch dieser Kelch nicht an ihm vorübergehen würde. Er wandte sich an seinen neuen Assistenten:
Stövchen, du bleibst hier. Pass auf, dass keiner was anfasst. Die Spurensicherung muss jeden Augenblick da sein. Und Sie, er sah Hämmerle an, *Sie*

kommen mit mir. Seine Stimme bekam einen sarkastischen Unterton: *Sie haben den Fall sicher schon gelöst.*

Zwei Stunden später, es war gegen vier Uhr morgens, gab es die ersten Ausfälle. Die Partygäste begannen zu rebellieren.
Ich will hier raus, kreischte eine dürre Dame mit tellergroßen Augen. Ihr Schlauchkleid war völlig verrutscht und ihre Hände nestelten nervös an der winzigen Handtasche. Auch eine Gruppe kurzhaariger Herren in schwarzen Rollkragenpullovern war sichtlich angespannt. Verstohlen schnupfte der eine oder andere an seinem Handrücken herum.
Ich könnte euch ja noch was vorsingen, schlug Lilo König-McCarthy vor. *Ich kenne noch jede Menge deutsche Schlager. Wie wär's mit dem „Kriminaltango"?* Sie lachte röhrend. *Spaß muß sein.*
Du solltest dich etwas schonen, Lilo, schnarrte Tim Jung fürsorglich. *Versuch doch einfach, ein bisschen zu schlafen. Das ist sicher viel zu aufregend für dich.*
Jungchen, endlich kommt Leben in die Bude. Glaubst du, das lass ich mir entgehen? Wenn ich schon mittendrin bin. Lilo goss ein Glas nach.
Genau, stimmte eine dunkelrot gefärbte Aktionskünstlerin begeistert zu. *Wir machen keinen Event, wir sind der Event. Lasst uns doch alle –* sie kam nicht weiter. An der Bar rumste es gewaltig. Ein bekannter Freiburger Bildhauer, ein Mann, der normalerweise meterdicke Baumstämme mit der Kreissäge traktierte, war nach dem zweiten Liter Daiquiri zu Boden gegangen. Die Theke riss er gleich mit.
Tu doch was, du Schlappschwanz. Conny Jung nahm nun kein Blatt mehr vor den Mund, was ihren Ehemann anging. *Die teure Bar. Und die ganzen Gläser. Soll denn hier alles zu Bruch gehen? Du mit deinen Scheißfreunden. Erst brocken sie uns den ganzen Ärger ein und dann zertrümmern sie uns noch die Bude. Das war das letzte Mal, das sag ich dir.*

Tim Jung zuckte nur mit den Schultern. Ihm war langsam alles egal. Conny nicht:
Du mit deiner großen Klappe und nichts dahinter. Sollen wir hier ewig rumhocken und uns von dieser Schnullerbacke schikanieren lassen? Sie zeigte auf Harry Stefans Assistenten, der sie und die Terrassentür bewachte.
Stövchen wurde knallrot. Seinen ersten Einsatz würde er nicht so schnell vergessen. Diese so genannte Festgemeinde machte ihm richtig Angst. Solche Leute kannte er aus seinem Heimatort St. Georgen im Schwarzwald nicht. Am liebsten wäre er einfach abgehauen. Die Spurensicherung hatte ewig gebraucht, bis sie schließlich in der Malervilla eingetroffen war. Angeblich hatten die Kollegen noch einen sichergestellt. Auch der Gerichtsmediziner hatte auf sich warten lassen. Als er schließlich zum Tatort geschwankt kam, tat er Stövchen richtig Leid. Offensichtlich hatte der arme Mann zu dieser frühen Stunde massive Kreislaufprobleme.
Stövchen sah auf die Uhr. Irgendetwas stimmte nicht. Harry Stefan war nun schon seit einer halben Ewigkeit mit diesem Hämmerle beschäftigt und hier warteten noch über dreißig Leute auf ihre Vernehmung. Das würde Ärger geben. Vielleicht wäre es besser, dachte Stövchen, wenn er Verstärkung anfordern würde.

Im Nebenzimmer lag Harry Stefan auf dem Sofa. Ganz allmählich kehrte auf seine Wangen etwas Farbe zurück. Das Verhör war anders gelaufen als geplant. Zwar hatte Jean-Marie mehrfach versucht, dem Kommissar von seinen Beobachtungen zu berichten: Nämlich dass seiner Meinung nach fast jeder für eine Weile von der Fete hätte verschwinden können, was, wie Hämmerle nebenbei bemerkte, der Mittelmäßigkeit der Gegenwartskunst entsprach. Pablo Picasso hätte nicht so einfach ein Fest in Freiburg verlassen können, auch nicht für kurze Zeit. Aber auch das war einer der vielen Gedanken Jean-Maries gewesen, den der Kommissar ignoriert hatte. Stefan war ihm dauernd ins Wort gefallen und sein Ton war immer aggressiver geworden. Hämmerle hatte kaum eine Chance.

Mitten im Gespräch war der Kommissar plötzlich kalkweiß geworden und hatte angefangen zu stöhnen, dass Hämmerle angst und bange wurde. Am Ende würde er womöglich auch noch die Leiche des Kommissars am Hals haben. Kurz entschlossen verfrachtete er den Kriminaler aufs Sofa und griff zu dem einzigen Mittel, das seiner Meinung nach angemessen war. Er nahm den Flachmann mit dem Selbstgebrannten, öffnete den Schraubverschluss und flößte Harry Stefan trotz dessen anfänglicher Gegenwehr einen tüchtigen Schluck ein. Seitdem trank der Kommissar freiwillig.

Na, geht's wieder? Hämmerle beugte sich besorgt über den Kommissar. *Noch einen?*

Er hielt Harry Stefan das Fläschchen hin.

Der Kommissar ließ sich nicht zweimal bitten. *Danke,* sagte er. *Das Zeug hat's wirklich in sich.* Er setzte sich auf und nuckelte am Flachmann. Dann sank er mit einem wohligen Grunzen in die Kissen zurück.

Ich sag ja, das ist quasi die reinste Medizin. Meine Mutter nimmt ihn immer zum Einreiben. Gegen Rheuma. Hämmerle nahm zur Prophylaxe auch noch einen Schluck.

Nebenan hatte man sich inzwischen auf Dieter Pikulski eingeschossen.

Wir haben doch alle gehört, wie sie dich einen „Versager" genannt hat, giftete Conny. *In jeder Hinsicht.*

Sie betonte das „jeder" nachdrücklich. Stövchen konnte kaum folgen. Wenn der Typ mit dem zerrissenen Hemd und der Schramme im Gesicht der Liebhaber des Opfers war, wieso sollte er die Frau dann umbringen? Er begriff die Städter einfach nicht.

Also ich finde, er sieht gar nicht wie ein Mörder aus, Lilo König-McCarthy musterte Pikulski von Kopf bis Fuß. *Der junge Mann ist mir vorhin gar nicht aufgefallen.*

Kein Wunder, er war ja auch fast den ganzen Abend da draußen. Können Sie uns mal sagen, was Sie da im Garten gemacht haben? Hä? wollte Köselmayr wissen.

Ihr habt doch nicht alle Tassen im Schrank. Pikulski war auf 180. *Ihr gehört doch alle in die Klapsmühle.* Er drehte sich um seine eigene Achse und deutete auf die Jungs an der Wand. *Da braucht man sich doch bloß mal den Mist anzugucken, der hier hängt. Total durchgeknallt, sag ich. Was soll das überhaupt sein? Ihr seid doch krank in der Birne.*

Der umgestürzte Bildhauer hob von seinem Platz am Boden warnend den Zeigefinger:

Hehehe, lallte er und schlief wieder ein.

Stövchen machte sich eifrig Notizen. „Hehehe“ schrieb er mit. Er musste genau aufpassen. Jedes Wort konnte wichtig sein.

Es war früher Vormittag, als die letzten stark übernächtigten Gäste nach Hause gehen konnten. Dieter war trotz Hämmerles heftiger Intervention nicht unter ihnen. Für Harry Stefan und Stövchen war der Fall klar. Dieter Pikulski hatte Freia Schönfeldt erschlagen. Die Aussagen der Gäste deckten sich. Pikulski war nach seinem Streit mit Freia wütend im Garten verschwunden und erst wieder aufgetaucht, nachdem die Leiche entdeckt worden war. Mit zerrissenem Hemd und einer blutenden Schramme. Außerdem hatte man Pikulskis Feuerzeug neben der Leiche gefunden. Die Sache schien eindeutig. Nur von dem Tatwerkzeug fehlte jede Spur. Freia war erschlagen worden, so viel hatte die Spurensicherung bereits herausgefunden. Mit einem schweren scharfkantigen Gegenstand, vermutlich aus Eisen. Näheres würde die Obduktion ergeben.

Besuch der alten Dame

Am nächsten Abend war Hämmerle trotz mehrerer Kannen Kaffee mit seinen Überlegungen zum „Künstlermord“, wie er den Fall nannte, noch keinen Schritt weitergekommen. Seiner Meinung nach kamen sämtliche Partygäste in Frage, außer Pikulski natürlich. Wenn er da an die Dame mit den tellergroßen Augen dachte ... Koks hatte schon so manchen zum Mörder werden lassen, glaubte er zumindest. Gelegenheit, kurze Zeit zu verschwinden, hätten auf der Party ziemlich alle gehabt. Hämmerle kam es so vor, als sei die Hälfte der Partygäste ständig auf Achse gewesen. Vor allem bei Lilos Vortrag hatte es einen regelrechten Exodus gegeben. Um seine Überlegungen voranzutreiben, goss er sich ein Glas Bordeaux ein. Von Haus aus war Jean-Marie ein entschiedener Verfechter und Trinker des edlen französischen Tropfens, dafür hatte schon seine elsässische Großmutter mütterlicherseits gesorgt, die ihn sozusagen mit Merlot und Co. großgezogen hatte. Leider reichte es ihm heutzutage bei den Preissteigerungen im Bordelais meistens nur für eine Flasche aus dem Weinsortiment vom Aldi. Er schnüffelte an der dunkelroten Flüssigkeit. Unwillkürlich musste er an die Blutlache denken, die sich unter Freias Kopf ausgebreitet hatte. Er schüttelte sich leicht, dann kippte er den Wein in einem Zug hinunter. Lilo würde er vielleicht aus dem Kreis der Verdächtigen ausschließen. Was sollte die alte Dame auch für einen Grund gehabt haben, Freia umzubringen?

Das schrille Läuten seiner Türglocke riss ihn aus seinen Gedanken. Er schlappte zur Tür und drückte auf den Summer. Wenig später traute Hämmerle seinen Augen nicht. Auf dem vorletzten Treppenabsatz tauchte Lilo König-McCarthy höchstpersönlich auf. Der Himmel wusste, wie sie ihn ausfindig gemacht hatte. Sie kam gleich zur Sache:

Haben Sie das schon gelesen? fragte sie noch im Flur und drückte ihm eine ‚Zeitung zum Abend' in die Hand. *Da steht was über Ihren hübschen Freund drin. Der steckt ganz schön in der Tinte.*

Hämmerle staunte. Ohne besondere Anzeichen der Erschöpfung war Lilo mit ihren achtzig Jahren die vier Stockwerke zu seiner Wohnung in der Zasiusstraße hoch gewalzt, ganz im Gegensatz zu ihm. Bei ihr ging, auch im Gegensatz zu ihm, nicht mal das Licht im dritten Stock aus. Er musste die letzten Stufen zu seiner Wohnung immer im Dunkeln nehmen. Die Hausverwaltung hatte das irgendwie falsch eingestellt.

Heute war Lilo ganz in Schwarz, mit knallengen schwarzen Strickhosen Größe 54 und einer schwarzen Seidenbluse. Die lila-violetten Haare hatte sie teilweise mit einem schwarzen Tuch gebändigt. So hatte sich Hämmerle eine Brauereibesitzerin, Multimillionärin und dreifache Witwe nicht vorgestellt. Aber, wie er gestern erfahren hatte, war ihr letzter Mann Amerikaner gewesen. Und im Land der unbegrenzten Möglichkeiten war einiges möglich. Er wusste nicht, ob er sie bewundern sollte oder ob sie ihm einfach auf den Senkel ging. Alte Damen waren ihm immer suspekt gewesen. Gibst du ihnen den kleinen Finger, ist gleich der Arm ab, dachte er. Bei seiner Mutter zumindest war es so. Lilo schnappte ihn am Arm und zog ihn ins Wohnzimmer.

Die Polizei hat Hautfetzen von ihm unter Freias Fingernägeln gefunden, verkündete sie.

Hat sie ihn doch noch im Garten erwischt, dachte Hämmerle. Armer Dieter.

Aber ich bin sicher, dass Ihr hübscher Freund nicht der Mörder ist, fuhr Lilo enthusiastisch fort. *Nein,* sie schüttelte die lila Locken, *glauben Sie mir, junger Freund, so ein Mann bringt keine Frauen um. Der bringt sie höchstens um den Verstand. Außerdem haben sie das Tatwerkzeug noch immer nicht gefunden. Keine Spur. Ich sage Ihnen, das war einer aus dieser Künstlerszene. Das sind Hyänen. Die gönnen sich doch gegenseitig nicht die Butter aufs Brot. Aber wir beide,* sie zwinkerte Hämmerle verschwörerisch zu, *wir beide werden den Fall aufklären. Sie haben da ja einige Erfahrung, wie ich hörte.*

Jean-Marie winkte bescheiden ab.

Ach, sagte er, *die paar Fälle.* Dass Lilo für Dieter Partei ergriff, bestärkte ihn in seiner Unschuldsvermutung. *Man muss einfach nur mit offenen Augen und Ohren durch die Welt gehen,* fuhr er fort. *Gestern Abend zum Beispiel ...*

Dann erzählte er der Mäzenin von dem belauschten Gespräch über die angeblich gefälschten Bissiers.

Lilo König-McCarthy war für einen Moment sprachlos. Dann brach es aus ihr heraus:

Das ist ja ein starkes Stück. Wenn das wahr wäre, dann wäre Meineke erledigt, kicherte sie. *Und Reich könnte sich mit Freias Federn schmücken. Los, kommen Sie, junger Mann. Wer rastet, der rostet.*

Sie zog Hämmerle mit einer Kraft, die er ihr nie zugetraut hätte, aus dem Sessel.

Wohin denn? Hämmerle starrte sie entgeistert an. Die alten Damen, die er kannte, waren normalerweise etwas ruhiger.

Na, zu Freias Wohnung, was denken Sie denn. Wenn an Ihrer Geschichte was dran ist, finden wir die Beweise dort. Ich sage immer: Man muss beim Opfer anfangen. Inspektor Jury macht das genauso. Wir steigen bei Freia ein. Lilo schnappte ihr Cape. *Kommen Sie, wir müssen los. Was du heute kannst besorgen, das verschiebe nicht auf morgen. Außerdem weiß ich aus sicherer*

Quelle, dass sich die Polizei Freias Wohnung noch nicht vorgeknöpft hat. Wir haben also einen Vorsprung.

Eine halbe Stunde später stand Hämmerle mit Lilo im Mondschein vor Freia Schönfeldts Haus im Holbeinviertel. Die Kritikerin bewohnte, jedenfalls bis gestern Abend, ein Einfamilienhaus in der Beethovenstraße, das sie, wie Hämmerle von Pikulski wusste, von ihren Eltern geerbt hatte. Das Haus lag verlassen in einem großen Garten, inmitten hoher Bäume, die sich dunkel gegen den Abendhimmel abhoben.

Entschlossen öffnete Lilo die Gartenpforte und zog Hämmerle hinter sich her. An der schweren Eichentür blieben sie stehen.

Da kommen wir nicht rein, trumpfte Hämmerle auf, *an der Tür ist ein Siegel. Wie soll es jetzt weitergehen?* Seine Stimme hatte einen leicht spöttischen Unterton. Das harte Leben als Detektiv war eben doch etwas ganz anderes als die Krimis, die Lilo anscheinend dauernd las.

So ein kleiner Papierkleber wird Ihnen doch wohl keine Angst einjagen, zischte Lilo. *Außerdem hat das Haus ja Fenster, oder?* Sie kramte in ihrer Handtasche und zog einen Glasschneider heraus. *Da,* sie streckte Hämmerle das Werkzeug entgegen, *das nehmen Sie jetzt und schneiden ein Loch in die Terrassentür. Ich stehe so lange Schmiere. Sehen Sie sich gründlich um. Ihre Papiere, Artikel, Briefe, Bilder. Sie wissen ja, wonach wir suchen.*

Lilo ließ Hämmerle erst gar keine Chance, sich zu wehren. Sie schob ihn in den Garten und ging zurück zum Gartentor, um aufzupassen. Hämmerle stolperte ergeben um das Haus herum. Der Garten war ziemlich verwildert. Kein Wunder, dass Pikulski sich geweigert hatte, bei Freia einzuziehen. Eine Sauarbeit war das, und wie er die Schönfeldt einschätzte, hätte sie Dieter garantiert den Rasen mähen und die Rosen schneiden lassen. An der Rückseite des Hauses führte eine steile Treppe zu einer Tür im Souterrain. Hämmerle

glitschte am Geländer entlang die bemoosten Stufen hinunter. Natürlich war die Tür verschlossen. Auch die Stufen zur Terrasse waren ziemlich ausgetreten. Im Halbdunkel stolperte Jean-Marie über einen Gartenschlauch und riss im Fallen eine unförmige Holzskulptur mit sich. Das Ding schlug direkt neben Hämmerle dumpf auf die Steinplatten.
Scheiße, knurrte Jean-Marie. Er rappelte sich auf und tastete mit der flachen Hand nach seiner Brille. Direkt neben ihr lag ein großer alter Schlüssel. Er musste irgendwo in der Skulptur versteckt gewesen sein. Na bitte, dachte Hämmerle. Warum denn nicht gleich so. Das war garantiert der Kellerschlüssel. Umso besser. Vor dem Einsatz des Glasschneiders hatte er sowieso einen Heidenrespekt.

Lilo König-McCarthy stand hinter einer großen Tanne. Die Angelegenheit begann sie zu langweilen. Die ganze Zeit über hatte sich kein Mensch in der Nähe des Hauses blicken lassen. Eigentlich hätte sie genauso gut mit in Freias Haus einsteigen können. Drinnen war es sicher spannender. Sie kicherte in sich hinein. Sie könnte ja dem Superdetektiv einen kleinen Schrecken einjagen. Das war ihr letzter Gedanke. Sie spürte einen dumpfen Schlag. Dann wurde es Nacht.

Hämmerle geisterte nun schon geraume Zeit in dem stockdunklen Haus herum und bemühte sich, so wenig wie möglich anzuecken. Das fiel ihm ausnahmsweise relativ leicht, denn Freia hatte fast keine Möbel. Im Wohnzimmer standen neben einem ausladenden weißen Ledersofa lediglich ein winziger Beistelltisch und ein Fernseher. Auch der Flur war so gut wie leer. Seine Schritte hallten auf den Marmorfliesen. An den weißen Wänden hing kein einziges Bild, erstaunlich für eine Kunstkritikerin, wie Hämmerle fand.
Freias Arbeitszimmer lag unter dem Dach. An der Wand standen

ein paar Bücherregale. Den Mittelpunkt des Raumes bildete ein riesiger Schreibtisch mit einer Glasplatte. Auch der war so gut wie leer. Hämmerle sah weder Fotos noch Akten oder andere Unterlagen. Lediglich ein pinkfarbener Laptop wies darauf hin, dass hier gearbeitet wurde. Jean-Marie kratzte sich am Kopf. Mit der elektronischen Datenverarbeitung hatte er seine Probleme. Mit Mühe fand er den Einschaltknopf. Dann wollte das Gerät ein Passwort wissen. Hämmerle schluckte. Da musste ein Fachmann ran. Plötzlich hörte er leise Schritte im Raum. Er drehte sich um. Im blauen Licht des Computerbildschirms sah er gerade noch die Umrisse eines Baseballschlägers, der auf seinen Kopf zusauste.

Schlag auf Schlag

Die letzten Kneipen der Breisgau-Metropole hatten schon lange dicht gemacht. Still und verlassen lag das Museum für Neue Kunst am Rand der „Insel“, die Marienstraße und Augustiner Platz miteinander verband. Nur aus einem Fenster im ersten Stock des Sandsteingebäudes drang ein schwacher Lichtschein nach draußen.
Im Museum war es kühl. Trotzdem standen Art Meineke die Schweißperlen auf der Stirn. Er saß in seinem Büro im blauen Licht von Freia Schönfeldts rosa Laptop und bearbeitete die Tastatur. Ab und zu platschte ein Tropfen auf die Tasten. Er kam einfach nicht rein. Wenigstens hatte er die Kiste sichergestellt, auch wenn er dabei zu Mitteln gegriffen hatte, die er an sich eher ablehnte. Was hatten die Alte und der Dicke auch in Freias Haus verloren? Zum Glück hatte er seinen Baseballschläger mitgenommen, man konnte ja nie wissen, nachts allein auf der Straße. Er fuhr sich entnervt durch die Locken. Freia, diese blöde Kuh. Wozu brauchte sie auch ein Passwort? Staatsgeheimnisse hatte sie wohl kaum auf ihrem Computer gespeichert. Für Art Meineke allerdings konnte durchaus eine Bombe auf der Festplatte ticken. Und diese Bombe hieß Bissier.
„Bissier“ tippte er ein. Fehlanzeige. Am liebsten hätte er das Ding in die Ecke geschmissen. Wahrscheinlich hatte Freia ein extra gemeines Passwort gewählt. Schließlich hatte ja angeblich die Wahl eines solchen Wortes etwas mit der Persönlichkeit zu tun.
„Ich“ tippte er ein. Das Kennwort ist falsch, meldete der Computer. Ach nein, so kam er nicht weiter. Art Meineke war nervös. Er

musste unter allen Umständen verhindern, dass etwas von der Geschichte an die Öffentlichkeit kam. Schon allein der Verdacht, dass man ihn mit den Bissiers übers Ohr gehauen haben könnte, war tödlich in einem Provinznest wie Freiburg. Wenn man hier mit Dreck beworfen wurde, blieb immer etwas hängen.
Seufzend drückte er sich aus dem Schreibtischstuhl hoch und öffnete das Fenster. Ein wenig frische Luft würde ihm gut tun. In diesem Augenblick hörte er ein Geräusch, das aus dem Erdgeschoss zu kommen schien. Mist, fuhr es Meineke durch den Kopf. Er hatte vergessen, die Alarmanlage wieder einzuschalten. Er nahm den Baseballschläger und seinen ganz Mut zusammen. Vorsichtig schlich er in den Flur und tastete sich die Stufen des schönsten Museumstreppenhauses weit und breit hinab. Das Geräusch war aus dem großen Ausstellungsraum gekommen. Meineke schlich zu Tür und lugte vorsichtig um die Ecke. Schemenhaft sah er eine Gestalt, die mit einer winzigen Taschenlampe die Gemälde an der Wand abtastete. Der Museumsdirektor fuhr zurück und presste sich atemlos mit dem Rücken an die kalte Wand. Panik ergriff ihn. Mit dem Dicken und der Alten fertig zu werden, war das eine. Aber die Gestalt mit der Taschenlampe wirkte etwas agiler. Er machte vorsichtig kehrt, um sich wieder nach oben zu schleichen. Nicht vorsichtig genug. Sein Baseballschläger knallte gegen die Vitrine mit Rudolf Bellings Gipsmodell für einen Kopf in Messing von 1925. Der Schlag ließ den ungebetenen Besucher herumfahren. Der Strahl seiner Taschenlampe richtete sich auf den Museumsdirektor. Wie der Blitz rannte der Mann auf den völlig geblendeten Meineke zu, stieß ihn um und verschwand Richtung Museumscafé. Als Meineke sich wieder aufgerappelt hatte, sah er die Gestalt gerade noch im Putzraum verschwinden. Er hob den Schläger auf und sprintete hinterher. Zu spät. Der Eindringling war schon durch das Fenster in

den ehemaligen Schulhof entkommen. Meineke sah noch, wie er über die Schranke zur Adelhauserstraße hechtete. Dann war er verschwunden.
Meineke klopfte das Herz bis zum Hals. Er war fix und fertig. Er war sich nicht sicher, aber irgend etwas an dem nächtlichen Besucher erinnerte ihn an Tim Jung.

Ungefähr einen Kilometer Luftlinie vom Museum für Neue Kunst entfernt, kam Jean-Marie Hämmerle langsam wieder zu sich. Er lag unter der Glasplatte von Freia Schönfeldts Schreibtisch und stöhnte leise. Der Laptop, so viel konnte er aus seiner misslichen Lage feststellen, war verschwunden. Mühsam rappelte er sich auf. Dumpfe Tritte näherten sich dem Dachzimmer. Er sah sich panisch um. Bestimmt war der Mörder zurückgekommen, um ihm den Rest zu geben. Aber die ganz neue Sachlichkeit von Freias Wohnstil bot kein Versteck. Ihm blieb nur eine Lösung. Er schleppte sich hinter die Tür und wartete auf den Killer. Nur ein paar Sekunden später öffnete sich die Tür vorsichtig ein paar Zentimeter. Der Eindringling schnaufte schwer. Hämmerle nahm seinen ganzen Mut zusammen und packte die Klinke mit beiden Händen. Dann holte er aus und knallte dem Einbrecher das Türblatt entgegen. Lilo König-McCarthy kippte vornüber in Freias Arbeitszimmer. Die zurückschlagende Tür rammte Hämmerle die Klinke in den Magen.

Jetzt halten Sie mal still! Lilo drückte dem stöhnenden Hämmerle einen eiskalten Waschlappen auf die Beule an der Stirn. *Was uns nicht umbringt macht uns nur härter, gell?*
Frauen waren eindeutig robuster. Lilo hatte die beiden Attacken relativ mühelos weggesteckt und war schon wieder auf den Beinen.

Haben Sie den Kerl erkannt? fragte sie, während sie Hämmerles Beule befummelte. *Im Garten war es zu dunkel. Außerdem hat mich der Feigling von hinten erwischt.*
Nein, ächzte Hämmerle und tastete vorsichtig seinen Magen ab. Wenn das nur keine inneren Verletzungen gegeben hatte.
Zum Glück hat mich meine Frisur vor dem Schlimmsten bewahrt. Lilo fasste sich an den Hinterkopf und rückte verstohlen ihre Perücke zurecht.
Haben Sie wenigstens eine Ahnung, was dieser Verbrecher gewollt hat? fragte sie.
Schwerfällig richtete sich Hämmerle auf:
Ich glaube, der hat Freias Laptop mitgenommen. Vorhin jedenfalls war er noch da.
Also, wenn Sie mich fragen, kann das nur Art Meineke gewesen sein. Lilo fuhr Hämmerle mit dem Waschlappen durchs Gesicht. *Der hat doch ein Interesse an dem Laptop. Der muss doch verhindern, dass ihre Geschichte von den Bissiers an die Öffentlichkeit kommt. Das haben Sie mir doch selbst erzählt. Kommen Sie,* sie zerrte den widerstrebenden Hämmerle hoch, *den packen wir uns.*
Nur mühsam konnte Hämmerle Lilo davon abhalten, sich Meineke auf der Stelle vorzuknöpfen. Er zumindest brauchte dringend ein paar Stunden Schlaf. Außerdem hatte er noch etwas anderes zu erledigen.

Hinter Gittern I

Am nächsten Nachmittag machte sich Jean-Marie Hämmerle gegen halb zwei auf den Weg ins Untersuchungsgefängnis am Holzmarktplatz, um seinen Freund Dieter Pikulski zu besuchen. Zuvor wollte er sich noch mit Dieters Anwältin treffen. Er war ziemlich erstaunt gewesen, als ihn am frühen Morgen der Anruf aus der Anwaltskanzlei aus dem Schlaf gerissen hatte. Er wusste gar nicht, dass Pikulski einen Anwalt hatte. Als sich nach der Sekretärin dann eine ziemlich taffe Frauenstimme gemeldet hatte, machte es bei Jean-Marie „Klick“. Pikulski hatte wie immer wohl mehrere Eisen im Feuer.

Gegenüber von Untersuchungsgefängnis und Goethe-Gymnasium lag auf der anderen Seite der Kaiser-Joseph-Straße das Café Meineid, vom Volksmund so genannt, weil sich hier vor den Verhandlungen im Amtsgericht für gewöhnlich die Rechtsanwälte mit ihren Mandanten zwecks Absprache des Prozessverlaufs trafen. Hier wartete Hämmerle auf Dieters Anwältin, die ganz in der Nähe ihre Kanzlei hatte. Er sah aus dem Fenster. Direkt gegenüber vom Gefängnisgebäude lag das Goethe-Gymnasium. Wahrscheinlich, dachte Hämmerle, war das als Warnung für die Gymnasiasten gedacht. Den Knast vor Augen, würde wohl kaum einer wagen aufzumucken. Jean-Marie war sich sicher: Das war kein Zufall. Das hatten sich die Herrschenden im Verein mit ihren Bütteln, den Lehrern, wieder mal gut ausgedacht. Ansonsten schien die Gegend rund um den Knast in erster Linie aus Anwaltskanzleien, Gerichten und der Staatsanwaltschaft zu bestehen. Auch darin lag eine tiefe

Botschaft. „Keine Amnestie für die Justiz“ hatte in den späten 70er Jahren jemand an die Wand des Amtsgerichts gesprüht. Heute war der Holzmarktplatz saniert. Die letzte Bastion der Unterwelt in dieser Gegend war schon lange dem Kommerz und somit einer Bank gewichen. Hämmerle erinnerte sich noch gut an den legendären Würschtlespuff, in dem er als junger Taxifahrer nachts um drei, Seite an Seite mit Freiburgs Zuhältern und Zockern, seine Currywurst zu verspeisen pflegte. Auch an die Damen im Etablissement über dem Imbiss erinnerte er sich genau. Er wischte sich verstohlen eine Träne aus dem Auge. Damals hatte er fast geheult, als die Regina Bar dem klotzigen Neubau der Commerzbank hatte weichen müssen. Zwar war eines der Abrissgebäude am Schluss von irgendwelchen Feministinnen bewohnt gewesen, aber gut.

Während Jean-Marie noch seinen Gedanken nachhing, steuerte eine junge Frau direkt auf ihn zu.

Herr Hämmerle? fragte sie und knallte, ohne eine Antwort abzuwarten, ihre riesige Aktentasche auf den Tisch, dass Jean-Maries Rüdesheimer Kaffee überschwappte.

Die Frau sah aus, als käme sie direkt aus einer amerikanischen Anwaltsserie. Groß, schlank, blonde Kurzhaarfrisur. Ein schwarzes, ziemlich teuer aussehendes Kostüm mit einem winzigen Minirock. Hämmerle starrte auf ihre Beine, die schier kein Ende nehmen wollten.

Sie können den Mund wieder zu machen, sagte die Frau. *Mein Name ist Bea Peer. Ich bin Dieter Pikulskis Anwältin. Sie sind doch Herr Hämmerle, nicht wahr?*

Die Anwältin setzte sich, ohne eine Antwort abzuwarten, und winkte der Bedienung zu:

Das Übliche! Dann sah sie ihn an, direkt in die Augen. *Ihr Freund, Dieter Pikulski, hat Sie mir beschrieben. Er sagte: Schau einfach nach dem*

dicksten Mann weit und breit. Das ist er. Bea Peer lächelte ihn ungerührt an.
Jean-Marie wurde wütend. Pikulski, dieser Verräter! Da schlug er sich die Nächte um die Ohren und bekam sonst was auf den Kopf, nur um den Herrn Pikulski aus dem Knast zu holen, in den der wegen seiner Weibergeschichten geraten war. Und dann das!
Die Anwältin blätterte in ihren Akten und nippte an ihrem Espresso: *Um es kurz zu machen,* erläuterte sie Jean-Marie dann, *es sieht nicht gut aus für Ihren Freund. Die Indizien sprechen eindeutig gegen ihn. Außerdem hatte er ein Motiv. Der Streit zwischen ihm und,* sie zögerte einen Moment, *Frau Schönfeldt hat ja in aller Öffentlichkeit stattgefunden.*
Aber sie hat angefangen, konterte Hämmerle.
Bea Peer sah ihn eindringlich an:
Hören Sie, Herr Hämmerle, Sie verstehen den Ernst der Lage nicht. Ich habe heute früh mit Kommissar Stefan gesprochen. Für den ist der Fall abgeschlossen. Die Polizei wird keinen Finger für Ihren Freund krumm machen.
Wundert Sie das? fragte Jean-Marie spitz. *Sie sollten sich doch bestens in unserem so genannten Rechtsstaat auskennen. Sie gehören doch auch dazu.*
Bitte, Jean-Marie, plötzlich war Bea Peers Stimme ganz sanft. Sie nahm Hämmerles Hand. *Ihr Freund braucht Hilfe. Ihre Hilfe. Sonst ist er ernsthaft in Gefahr. Wie es im Augenblick aussieht, braucht er keinen Anwalt, er braucht einen Detektiv.* Sie sah Jean-Marie an, dass er bis in die Haarwurzeln rot wurde. *Er braucht Sie,* hauchte die Anwältin. Dann stand sie unvermittelt auf und ging. Ohne zu zahlen.
Ein paar Minuten später bog ein immer noch ziemlich verwirrter Jean-Marie Hämmerle in die Einfahrt des Hauses Holzmarkt 4, die direkt auf das große hellgraue Tor des Untersuchungsgefängnisses zuführte. Kaum hatte er den Durchgang passiert, schlug hinter dem verriegelten Tor ein wütender Hund an. Wahrscheinlich saß

die Bestie vor dem Videoschirm und war bereit, jeden zu zerfleischen, der beim Näherkommen von den Überwachungskameras festgehalten wurde. Hämmerle wurde es mulmig. Zum Glück machte die Tür einen stabilen Eindruck und die Dächer waren mit Stacheldraht gesichert. Zögernd näherte sich Hämmerle dem Eingang, hinter dem es immer infernalischer bellte.

Als Jean-Marie schließlich Hund und Wachpersonal passiert hatte, war er in Schweiß gebadet. Im Besucherzimmer knallte er eine Alditüte auf den winzigen Holztisch, an dem Dieter Pikulski saß.

Mensch, das war vielleicht ein Theater, motzte Jean-Marie. *Das ist ja noch schlimmer als am Checkpoint Charlie.* Er ließ sich auf den Holzstuhl fallen. *Dass man sich nicht ganz ausziehen muss, ist fast ein Wunder,* schnaubte er und warf dem Wachmann in der Ecke einen feindseligen Blick zu.

Jetzt stell dich nicht so an. Was meinst du, wie es mir hier geht. Was ist überhaupt passiert? Lange genug hat der Herr Hämmerle ja auf sich warten lassen, schmollte Dieter Pikulski beleidigt. *Und so was nennt sich nun „bester Freund".*

Kann ich doch nichts dafür, dass man so einen Scheißantrag stellen muss, und dann dauert es ewig, bis unsere Staatsgewalt, ein weiterer feindseliger Blick Richtung Aufpasser, *gnädigerweise dazu bereit ist, einen vorzulassen. Und das da,* er tastete nach dem Pflaster an seiner Stirn, *kannst du auch auf deinem Freundschaftskonto verbuchen.*

Hämmerle sah sich um. Das Besucherzimmer des Freiburger Untersuchungsgefängnisses war äußerst zweckrational eingerichtet. Ein Tisch, zwei Stühle und in der Ecke ein Hocker für den Aufsicht führenden Beamten. Das winzige Fenster war vergittert, der einzige Schmuck bestand aus einem Kalenderblatt mit Schwarzwaldbergen unter blauem Himmel. Von einem vertraulichen Gespräch konnte hier keine Rede sein. Der Wachmann hatte Ohren wie der englische Thronfolger.

Hier, Hämmerle schob Pikulski die Alditüte hin. *Ich hab dir was mitgebracht.* Seine Stimme wurde spitz und etwas lauter. *Du brauchst keine Angst zu haben, es wurde strengstens kontrolliert. Sie haben die Feile aus dem Kuchen schon rausgepult.* Er sah zum Wachmann und wieherte gekünstelt.
Dieter packte einen Zitronenkuchen, zwei Schachteln Pralinen von Aldi und eine von Hämmerles Boxershorts aus:
Du weißt doch, dass ich dieses Zeug nicht esse, fuhr er Hämmerle an.
Dann gib sie eben wieder her. Jean-Marie grapschte beleidigt nach dem Konfekt. *Der Herr Pikulski ist natürlich Besseres gewohnt. Wahrscheinlich hat die Küche hier einen Stern.* Er riss die Verpackung auf und schob sich eine Krokantstange und einen Mandelsplitter in den Mund.
Ich weiß gar nicht, was du hast. Schmeckt doch gut, mampfte er.
Mit spitzen Fingern zog Pikulski Hämmerles Boxershorts in die Höhe. *Und kannst du mir mal sagen, was ich damit soll? Damit kann ich mich doch nirgends blicken lassen.* Er schob Jean-Marie einen kleinen Zettel über den Tisch. *Ich hab dir eine Liste gemacht, was du mir nächstes Mal mitbringen musst.*
Wie der Blitz war der Beamte zwischen ihnen und schnappte nach dem Zettel. Nach einer ausgiebigen Kontrolle reichte er ihn an Hämmerle weiter:
Geht in Ordnung, murmelte er und verzog sich wieder in seine Ecke.
Hämmerle studierte die Liste: *Was willst du denn hier mit Deo? Ist das ein gemischtes Gefängnis?* fragte er. *Oder ist das wegen Frau Peer?*
Blödmann. Dieter zeigte ihm einen Vogel. *Jetzt erzähl mir endlich, was du unternimmst, um mich hier rauszuholen, bevor ich eingehe. Du weißt genau, dass ich mit der Sache nichts zu tun habe. Und jetzt wollen die mir einen Mord in die Schuhe schieben.*
Sieht ziemlich schlecht aus, bestätigte Hämmerle und wackelte mit dem Kopf. *Sagt zumindest deine Anwältin.*

Der Wachmann horchte auf.
Vor allem die Sache mit den Hautfetzen unter Freias Fingernägeln, sagte Jean-Marie.
Mensch, fuhr Pikulski auf, *fängst du auch noch an. Die hat mich im Garten erwischt. Da war sie noch sehr lebendig. Und stinksauer. Das siehst du doch.* Pikulski deutete auf die Schramme in seinem Gesicht. *Die hat sich auf mich gestürzt und ist mir mit ihren Krallen voll durchs Gesicht gefahren. Zum Glück konnte ich abhauen, es war ja dunkel genug. Und dann bin ich in die Brombeerhecke gefallen. Auf jeden Fall hab ich sie danach nicht mehr gesehen. Ich bin völlig unschuldig. Und das wissen die hier auch. Die brauchen nur wieder mal einen schnellen Erfolg, das kennt man doch. Dabei haben die immer noch keine Ahnung, womit man ihr den Schädel eingeschlagen hat. Keine Spur.* Pikulski hob die Stimme und funkelte den Aufseher an. *Das ist wie im Fernsehen. An die feinen Künstler trauen sie sich nicht ran, dabei haben die jede Menge Dreck am Stecken. Du hättest Freia mal hören sollen. Aber mit einem arbeitslosen Barkeeper kann man es ja machen. Der wird nicht mit solchen Samthandschuhen angefasst wie diese Malermafia. Die haben überhaupt nichts gegen mich in der Hand und halten mich hier fest. Also los, nun lass raus. Was hast du die ganze Zeit gemacht?*
Hämmerle rollte mit den Augen und versuchte, Pikulski heimliche Zeichen zu geben. Dann deutete er verstohlen auf seinen Verband. Er konnte hier schließlich kaum davon erzählen, dass er in Freia Schönfeldts Haus eingebrochen war.
Ich komme voran, meinte er ausweichend und rutschte auf seinem Stuhl hin und her. *Pfff ... ich meine ... es läuft quasi reibungslos ... ich bin dicht dran ...* Hämmerle druckste herum.
Die Erlösung kam aus der Verwaltung:
Ende der Besuchszeit, verkündete der Wachmann.
Ey Mann, wir konnten uns ja noch nicht mal unterhalten ... protestierte Pikulski wütend. *Was ist denn das für eine Scheiße hier?*

Tztztz, meinte der Wachmann und schüttelte den Kopf. Er war Einiges gewohnt. *Sie werden sich schon noch an unsere Regeln gewöhnen. In ein paar Jahren ist Ihnen das in Fleisch und Blut übergegangen.*

Alibis von Artgenossen

... „Zahnfries". Nein. „Zapotekische Kunst". Fehlanzeige. „Zentralbau". Falsch. Art Meineke war auf der Suche nach Freia Schönfeldts Computerpasswort fast am Ende der vierundzwanzig Bände seines Kunstlexikons und seiner Nerven angekommen. Weil ihm das Museum nach den Ereignissen der vergangenen Nacht zu unsicher geworden war, hatte er den Laptop mit zu sich nach Hause genommen. Aber auch hier lief es nicht besser. Er hatte immer noch keine Ahnung, was wirklich in Freias Geheimdossier stand. Er war in Zeitdruck. In wenigen Stunden würde die feierliche Übergabe der volkseigenen Bissiers stattfinden und er musste dringend noch an seiner Rede feilen. Schließlich hatte sich zu der Enthüllung im Museum sogar der Ministerpräsident angesagt.
„Zombie" haute er wütend in die Tasten. Das Kennwort ist falsch, meldete der Computer ungerührt. Meineke pfefferte das nagelneue Lexikon gegen die Wand. Es knallte in die Stereoanlage und zerschmetterte den Arm seines High-End-Plattenspielers.
So eine verdammte Scheiße!! Er sprang auf und trat gegen eine würfelförmige Bronzeskulptur, die ihm ein befreundeter Künstler in der Hoffnung auf eine Einzelausstellung verehrt hatte.
In diesem Moment klingelte es an der Haustür. Meineke hielt die Luft an und ignorierte das Pochen in seinem Zeh. Das waren garantiert wieder seine sensiblen Nachbarn, die sich in ihrer Werbeagentur beim Denken gestört fühlten. Vorsichtig humpelte er zur Tür.
Damit hatte er nicht gerechnet.

Hi, Arthur. Lilo König-McCarthy strahlte den Museumsmann an. *Ich hab was mit Ihnen zu besprechen. Können wir reinkommen?*

Erst jetzt sah Meineke, dass Lilo nicht allein war. Hinter ihrem breiten Rücken stand dieser unsägliche Typ, der auf der Party Freias Leiche gefunden hatte.

Lilo drängte an Meineke vorbei in die Diele.

Ich habe leider überhaupt keine Zeit, wehrte er ab. *Heut Abend ist die Übergabe und ich ...* Er stellte sich Hämmerle in den Weg.

Es dauert bestimmt nicht lange, zwitscherte Lilo. *Außerdem können Sie heute Abend vielleicht noch eine gute Nachricht verkünden.*

Für einen Augenblick zögerte Meineke. Dann sagte er:

Also gut. Aber nur ein paar Minuten. Hier geht's lang. Ergeben schob er die beiden ins Wohnzimmer und bot ihnen einen Platz auf der schwarzen Ledercouch an. *Also, worum geht's?* Er sah demonstrativ auf die Uhr.

Wissen Sie, Arthur, begann Lilo, *ich trage schon lange einen Plan mit mir herum. Ich möchte gerne eine Stiftung gründen. Wie finden Sie das: „Lilo-König-McCarthy-Stiftung für Moderne Kunst"? Klingt doch gut, oder? Der junge Mann hier,* sie klopfte Hämmerle auf die Schenkel, *berät mich neuerdings in meinen Finanzangelegenheiten. Er hat mir zugeraten, auch aus steuerlichen Gründen. Und Ihr Museum kann Geld doch dringend gebrauchen, bei den lächerlichen paar Tausend Mark, die Sie im Jahr bekommen. Die Stiftung könnte zum Beispiel Geld für neue Ankäufe locker machen. Was halten Sie davon?*

Art Meineke war platt. Damit hatte er nicht gerechnet. Wenn er auch noch eine Stiftung an Land zöge, würde ihm der OB aus der Hand fressen.

Äh, sagte er, *das kommt ein wenig überraschend. An welche Summe hatten Sie denn gedacht?*

Na, so an ein, zwei Millionen im Jahr, antwortete Lilo.

Also, das lässt sich sicher einrichten, stammelte Meineke mit hochrotem Kopf.
Na prima, dann machen wir doch gleich Nägel mit Köpfen, sagte Lilo. *Jean-Marie, holen Sie doch mal die Unterlagen aus dem Wagen.*
Das war das Stichwort. Hämmerle stand auf und ging in den Flur. Er riss die Wohnungstür auf und knallte sie laut wieder zu. Für einen Augenblick blieb er im Flur stehen und lauschte. Im Wohnzimmer schwadronierte Meineke gerade über die Kunst als Event im Erlebnisraum des kollektiven Freizeitparks oder so.
Hämmerle schlüpfte aus seinen Birkenstocksandalen und schlich über den Flur. Von jeder Seite gingen ungefähr fünf Türen ab. Typisch städtischer Beamter, dachte Hämmerle erbost. Nacheinander öffnete er mehrere Türen: die Küche, das Schlafzimmer mit einem riesigen Bett und schwarzer Satinwäsche, das Bad in schwarzem Marmor. Am Ende des Flurs stand eine Tür einen Spalt breit offen. Vorsichtig lugte Hämmerle um die Ecke. Bingo, dachte er. Das Arbeitszimmer. Auf dem halbrunden Schreibtisch stand der pinkfarbene Laptop, den er schon aus Freias Wohnung kannte. Hämmerle ging um den Schreibtisch herum. Auf dem Bildschirm des Computers tanzte in riesigen Lettern der Name „Freia“ als Bildschirmschoner.
Lautlos machte er kehrt und öffnete die Haustür gaaaaanz leise. Draußen zog er seine Birkenstock wieder an und klingelte Sturm.
Tut mir Leid, keuchte er außer Atem, als Meineke ihm die Tür öffnete. *Wir haben die Unterlagen bei Frau König-McCarthy zu Hause vergessen.*
Lilo erschien im Türrahmen. *Also daran hätten Sie nun wirklich denken können, Jean-Marie,* sagte sie vorwurfsvoll. *Was machen wir denn nun?*
Am besten, wir verschieben das Ganze, sagte Jean-Marie.
Nein, nein, Art Meineke schien plötzlich Zeit zu haben. Die Sache mit der Stiftung vor dem Ministerpräsidenten präsentieren zu kön-

nen, das wäre ein Ding, Rede hin oder her. *Können Sie die Unterlagen nicht holen, Herr Hämmerle?*
Ach was, Lilo klopfte Meineke leicht auf die Schulter. *Wir fahren jetzt zu mir. Dann können wir gleich einen ordentlichen Schluck Schampus auf unser gemeinsames Projekt nehmen, oder? Auf Kosten der „Lilo-König-McCarthy-Stiftung für Moderne Kunst" natürlich.* Sie lachte.
Aber ich muss rechtzeitig im Museum sein, wandte Meineke ein.
Das überlassen Sie getrost uns, flötete Jean-Marie.

Lilos Plan, Meineke aus seiner Wohnung zu locken und ihn in ihre Gewalt zu bringen, hatte funktioniert. In Lilos Wohnzimmer war nur noch ein leichter Schlag auf Meinekes Hinterkopf nötig gewesen, um den aufgeregten Mann zu beruhigen. Jetzt saß der Museumsleiter gefesselt und den Tränen nahe im König-McCarthy'schen Weinkeller. Lilo hatte ihm nur ganz kurz den großkalibrigen Revolver ihres amerikanischen Exgatten an den Kopf gehalten, da sprudelte es schon aus Meineke heraus. Ja, er hatte Hämmerle und Lilo niedergeschlagen. Ja, er hatte Freias Computer gestohlen. Den Mord an Freia allerdings leugnete er hartnäckig:
Ich war's nicht, wie oft soll ich das noch sagen! Mit feuchten Augen sah er Hämmerle an. *Ich wollte nur wissen, was Freia über die Bissiers herausgefunden hat. Versetzen Sie sich doch mal in meine Lage. Wenn die Bilder wirklich falsch sein sollten, wäre ich doch geliefert.* Er schluchzte auf. *Deshalb hab ich mir den Computer besorgt. Jetzt bin ich selbst in Gefahr. Letzte Nacht ist sogar jemand ins Museum eingestiegen. Der hat sich nur für die neuen Bissiers interessiert.*
Und wer bitte schön, soll das gewesen sein? blaffte Hämmerle.
Ich hab ihn nicht genau gesehen, aber es könnte Tim Jung gewesen sein.
Tim Jung? Da müssen Sie sich schon eine bessere Geschichte einfallen lassen, sagte Jean-Marie von oben herab.

Bitte, Sie müssen mir glauben. Helfen Sie mir. Ich bin bestimmt das nächste Opfer. Meineke sah mit einem Hundeblick von Hämmerle zu Lilo und zog geräuschvoll die Nase hoch.
Lenken Sie nicht ab, schnauzte Hämmerle. Er riss Lilo die Wumme aus der Hand und fuchtelte damit vor Meineke herum.
Passen Sie auf mit dem Ding, warnte Meineke, *es könnte geladen sein.*
Gestehen Sie endlich, keifte Lilo, *sonst hole ich die Polizei.*
Bitte, bitte nicht, wehrte Meineke ab. *Ich war es nicht. Das kann ich beweisen. Ich habe nämlich ein Alibi.*
Ha! Ein Alibi! Da sind wir aber mächtig gespannt. Hämmerle ließ den Revolver um seinen Zeigefinger kreisen.
Na, dann reden Sie doch, sagte Lilo.
Meineke lief knallrot an:
Sie können Pako fragen, nuschelte er. *Ich war auf dem Fest ziemlich lang mit ihr zusammen.*
Ein bisschen genauer bitte. Ort! Zeit! befahl Hämmerle.
Also, so ungefähr von halb zwölf bis halb zwei, Meinekes Stimme war belegt.
Und wo, bitte schön?
... – ... im Schlafzimmer.
Lilo pfiff durch die Zähne:
Ist die nicht ein bisschen sehr jung?
Aber bitte, Meineke blickte flehentlich zu Lilo hoch, *aber bitte, liebe gnädige Frau, sorgen Sie dafür, dass Gustav nichts davon erfährt. Der ist in seiner Eifersucht unberechenbar, glauben Sie mir. Das würde er mir nie verzeihen.*
Gustav Reich?? fragte Hämmerle. *Was hat denn der damit zu tun?*
Meineke sank in sich zusammen:
Wissen Sie, Gustav und ich, also, wir ...
Es dauerte eine Sekunde, dann brach Lilo in dröhnendes Gelächter aus:

Ich glaub, mich laust der Affe, prustete sie, *der Herr Kulturmanager ist beidseitig bespielbar.*

Enthüllungen

In der Marienstraße vor dem Museum für Neue Kunst war großer Auftrieb. Alles, was in Freiburg auch nur ansatzweise Rang und Namen hatte, war zu dem Ereignis der Saison erschienen. Der Oberbürgermeister plauderte angeregt mit dem Chef der örtlichen Mercedes-Benz-Niederlassung. Der Kulturamtsleiter prostete Many von den Teddyshakern zu. Der Stadtoberastronomierat, der Redaktionsleiter von Radio Breisgau und die Umweltbürgermeisterin unterhielten sich angeregt über die Wahrscheinlichkeit eines Asteroideneinschlages in das frisch renovierte Rathaus und die sich daran anknüpfende Frage einer weiteren bürgerschaftlichen Sammelaktion für das zerstörte historische Gebäude. Zwei bekannte Freiburger Gastrokritiker diskutierten eine andere Spendenaktion: Der lokale Käse-Matador versuchte gerade, seinen Feinkostladen mittels eines Fördervereins über Wasser zu halten. Statt „Käse kaufe, nit Käse stähle“ hieß es jetzt „für Käse spende“. Unterdessen diskutierte der evangelische Oberhirte mit seinem katholischen Amtsbruder über die Möglichkeiten, das sich hier zeigende Engagement Richtung Kirche umzulenken, unabhängig davon, welche Kirche denn nun die einzig Wahre sein sollte. Sogar der Ministerpräsident des Landes samt einiger Ministerialer gaben sich die Ehre, zur feierlichen Übergabe der Bissiers zu erscheinen, obwohl sie mit der ganzen Angelegenheit, genau betrachtet, nicht die Bohne zu tun hatten. Nur der ansonsten fast ausschließlich mit Fußball beschäftigte Chefredakteur des örtlichen Privatfunks stand etwas hilflos in der Menge. Weit und breit war niemand vom Sportclub zu sehen.

Das Gedränge in der Nähe der Tür nahm zu. Zwischen den nahezu ausschließlich in Schwarz gekleideten Gästen huschten kleine Serviermädchen mit großen Tabletts herum und boten Schampus für alle. Die Fahnen der Sponsoren flatterten im Sommerwind und verdeckten hin und wieder die „Fenster-Fenster-Installation“ der Freiburger Künstler Michael Wiesinger und Peter Stobbe über dem Hauptportal. Aus dem Innern des Museums drangen an ganz neue Musik erinnernde Geräusche nach außen. Die Musiker des Ensembles des Instituts für Neue Musik stimmten ihre Instrumente.
Jean-Marie Hämmerle stand in der Nähe des Eingangs hinter den breiten Kreuzen der Bodyguards, die die Landespolitiker vor eventuellen Übergriffen ihres Volkes schützen sollten. Der Auftrieb war ihm zuwider. So waren sie, die Politiker, dachte er. Auch wenn die Bürger in jedem Falle zahlten, taten die Herrschenden immer so, als würden sie Geschenke verteilen. Aber er hatte mit Lilo vereinbart, dass Meineke so lange im Keller der Villa König-McCarthy bleiben sollte, bis Hämmerle mit Pako gesprochen und das Alibi überprüft hatte. Nun stand Paula Koch ein paar Meter vor ihm und steckte mit Dr. Gustav Reich im Gedränge fest. Die beiden waren in ein lebhaftes Gespräch verwickelt. Hämmerle grinste in sich hinein. Das würde einen schönen Skandal geben. Reich und Meineke ein Paar. Wenn sich das in der Freiburger Kulturschickeria erst rumsprechen würde ... Aber für Meineke war das anscheinend nicht das Schlimmste gewesen. Seine Angst vor Reich war noch größer. Hämmerle musterte Gustav Reich eingehend. Seltsam. Der Mann sah gar nicht so gewalttätig aus. Eher wie ein Schöngeist. Aber was sagte schon das Äußere eines Menschen über sein Innerstes aus. Jean-Marie konnte davon ein Lied singen. Dass sich hinter seiner barocken Figur ein äußerst sensibler Geist verbarg, erkannten nur die wenigsten. Vor allem Frauen, so fand er, waren in dieser Hin-

sicht mit einer erstaunlichen Blindheit geschlagen.
Ganz vorn im Gedränge erspähte Jean-Marie Tim Jungs Panamahut. Der Maler war in Begleitung seiner Gattin, die sich für diesen Anlass besonders fein gemacht hatte. Aus ihren hochgesteckten – heute pflaumenfarbenen – Locken hingen zwei Pfauenfedern auf ihr hautenges Stretchkleid in lila-grünem Leopardenmuster. Conny schwallerte unentwegt auf ihren Mann ein, der sich nervös nach allen Seiten umsah. Hämmerle beneidete den Maler nicht.
Der Pulk arbeitete sich langsam ins Innere des Museums vor. Im Saal stand in der vorderen Ecke auf einem Podest ein lorbeergeschmücktes Rednerpult. Links davon hatten sich die Musiker in Positur gesetzt. Langsam füllten sich die wenigen, der Prominenz vorbehaltenen Stuhlreihen. An der Stirnseite verhüllten Tücher den eigentlichen Anlass des Auftriebs: die drei Bissiers. Hinten im Raum drängelten sich die weniger wichtigen Gäste und verrenkten sich die Hälse, um einen Blick auf die Stoffbahnen zu erhaschen. Auch Hämmerle reckte sich und versuchte, das Geschehen da vorne zu verfolgen. Der Oberbürgermeister geleitete gerade die Besucher aus Stuttgart zu ihren Plätzen. Er wirkte leicht unruhig und tuschelte im Vorbeigehen mit seinem Referenten Max van der Linden. Der sah irritiert in die Runde und drängelte sich durch die hereinströmenden Massen zum Ausgang. Der OB sah auf die Uhr. Hämmerle feixte. Eins war sicher: Das Stadtoberhaupt musste sich schon selbst etwas zu Julius Bissier einfallen lassen. Art Meineke jedenfalls würde hier keine Rede halte. Der saß gut aufgehoben in Lilos Keller und heulte sich an ihrem mächtigen Busen aus.
Die Unruhe im Publikum wuchs. Vereinzelt wurden Stühle gerückt. Der Ministerpräsident klopfte mit Blick auf den OB demonstrativ auf seine Armbanduhr. Schließlich war man im Wahlkampf und die Zeit drängte. Die Bissiers waren nicht die ein-

zige Enthüllung, mit der der Ministerpräsident gerade zu tun hatte. Der OB gab den Musikanten ein Zeichen. Mit etwas Glück würde man den Beginn des laut Programmzettel vorgesehenen Fachvortrags des Museumsleiters ein wenig hinauszögern können. Eins war sicher: Meineke würde er sich vorknöpfen.

Aber auch nach der Begrüßung durch den Oberbürgermeister, dem Grußwort des Landes, etlichen Musikstücken und Danksagungen war Meineke immer noch nicht aufgetaucht. Der OB saß auf heißen Kohlen und nestelte an seiner Krawatte. Es gab keinen Ausweg. Er erhob sich und erklomm erneut das Podest:

Meine Damen und Herren, begann er, *verehrter Herr Ministerpräsident, Herr Regierungspräsident, Herr Landrat, verehrte Stadträtinnen und Stadträte, meine Damen und Herren, werte Freundinnen und Freunde der Kunst, liebe Vertreterinnen und Vertreter der Presse, meine Damen und Herren. Ich habe unser Programm aufgrund der großen Bedeutung der heutigen Aktion für unsere Stadt und die Bürgerschaft ein wenig abgeändert. Dies hier ist keine Sache, die sich mit trockenem Fachwissen erklären lässt. Dies ist eine Sache, die zu Herzen geht. Und zwar uns allen. Ein einmaliges Beispiel für den Bürgerwillen und das Engagement aller Bürgerinnen und Bürger unserer geliebten Stadt.* Er machte eine Pause.

Bravo, kam es vom Pressechef.

Jawoll! Super!! Max van der Linden klatschte demonstrativ, bis sein Chef abwinkte.

Wir alle, machte der OB weiter, *wir alle können das unsere dazu beitragen, dass unsere Städte wieder lebenswert werden. Erst neulich auf dem Städtetag haben wir wieder darüber gesprochen und dies bestätigt. Die Verantwortung liegt bei uns allen.* Er ruderte mit den Armen. *Wir wollen alle dafür sorgen, dass unsere Kinder auch in Zukunft in einer ebenso lebenswerten wie liebenswerten Stadt lieben, äh, leben können. Lieben müssen wir unsere Stadt. Und nicht immer nur fordern. Julius Bissier hat es uns vorgemacht. Er hat seine Stadt geliebt. Er hat sie sogar gemalt! Dreimal!! Und diese Bilder, liebe Mitbürgerinnen und Mitbürger, lieber Herr Ministerpräsident, liebe Anwesenden, diese Bilder werden ab jetzt für immer mit unserem Museum, mit unserer Stadt verbunden sein. Das ist mir eine Herzenssache. Und ich glaub, dem Julius Bissier hätt man kei größ're Freud machen könne. Darauf wolle mir mit einem Gläsle Gutedel aus unserer geliebten Stadt anstoße. Mit eime gute alte Trinkspruch, wie mer hier in der Gegend saget, und des verstehet doch au d'Schwobe: Das Wasser isch zum Rädertriiebe, zum Suufe läsch es lieber bliiebe. Proscht, Herr Minischterpräsident! Und jetzt darf ich den Herrn Schätzle von der Bürgerinitiative „Julius Bissier" zu mir vor bitten. Bitte, Herr Schätzle, zeige Sie uns Ihre Schätzle. Harrharrharr!!*

Der OB wischte sich diskret den Schweiß von der Stirn. Geschafft! Das würde Meineke teuer zu stehen kommen. Er lächelte dem Ministerpräsidenten zu und hob sein Glas.

Der Stoff, mit dem man sich am Lorettoberg in Lilo König-McCarthys Keller zuprostete, kam zwar nicht aus Freiburg, war dafür aber umso teurer. Lilo hob das Glas Château Latour gegen die Neonröhre:

Den hat mir mein dritter Mann zur Hochzeit geschenkt, das muss so um 1970 gewesen sein.

Meineke verschüttete beim Trinken das halbe Glas. Es war ziemlich kompliziert, mit zusammengebundenen Händen zu trinken. Außerdem hatte er mit Lilo schon drei Flaschen von dem Zeug leer gemacht.

Die Feier war absolut gigantisch, lallte Lilo. *Der Rest dann weniger, leider war Mr. McCarthy ein ausgebuffter „womanizer". Seine aktuelle Frau ist gerade 25 geworden. Das muss man sich mal vorstellen. Prost.* Sie kippte ungefähr 300 Mark auf Ex.

Meineke hatte resigniert. Ihm war inzwischen alles egal. Er saß in diesem Keller fest, während im Museum der Festakt seines Lebens vonstatten ging. Auf der anderen Seite hatte das Ganze vielleicht auch sein Gutes. Dann nämlich, wenn die Bissiers tatsächlich falsch sein sollten. In diesem Fall hätte er sich mit seinem Fachvortrag, in dem er ausführlich auf die unverwechselbare Farbigkeit und Formensprache Bissiers einging, tödlich blamiert. Zwar hatte er jetzt die ganzen Dumont-Kunstführer umsonst durchgeackert und das neue Kunstlexikon war auch für die Katz, aber dass der OB seinen Part übernehmen musste, gefiel ihm fast schon wieder.

Pako gehörte zu den letzten Gästen, die gegen Mitternacht das Museum verließen. Hämmerle hatte sie den ganzen Abend nicht aus den Augen gelassen. Erst ganz am Ende der Veranstaltung, als nur noch wenige Übriggebliebene im Museum waren, hatte er sich am Eingang postiert. Hier könnte er Pako in aller Ruhe abpassen.
Aber es zog sich. Hämmerle knurrte der Magen. Außer ein paar Stücken trockenen Hefezopfes hatte es nichts zu essen gegeben. Er hatte Hunger, Durst und musste mal. Seine Laune ging rapide dem Nullpunkt entgegen. Aber Pako ließ und ließ sich nicht blicken. Also leckte er sich die Lippen und trat von einem Bein aufs andere. Plötzlich hörte er neben sich eine Stimme.
Na, Dicker, worauf wartest du denn? Etwa auf mich?
Hämmerle fuhr herum. Leicht schwankend grinste Pako ihn an und versuchte, sich eine Zigarette in den Mund zu stecken.
Äh, stammelte er, *ja, ich meine, in gewisser Weise ...*
Ach komm, Pako hielt sich an Hämmerles gelbem Lederwestchen fest. *Hör doch auf. Ich hab doch genau gemerkt, dass du mich den ganzen Abend angestarrt hast. Das war ja fast schon peinlich.*
Hämmerle wäre am liebsten in den Boden versunken:
Aber ich wollte doch nur ...

Ist ja gut, Pako winkte müde ab, *du brauchst dich nicht zu entschuldigen. Das wollen doch alle, oder?* Sie zündete sich die Zigarette an. *Also, was ist. Gehen wir zu dir oder zu mir?*

Zwei Stunden später hatte Hämmerle endgültig seinen Glauben an die hehre Kunst verloren. Pako saß neben ihm auf der Couch seiner Zweizimmerwohnung in der Zasiusstraße und heulte Rotz und Wasser.

Hast du mal was von der Besetzungs-Couch beim Film gehört? Pako wartete erst gar nicht auf Hämmerles Antwort. *So ähnlich läuft das hier doch auch. Du kommst nur dann groß raus, wenn du dich „entgegenkommend" zeigst, so ist das doch.*

Hämmerle nickte verständnisvoll und goß nach.

Und du warst auf der Party wirklich die ganze Zeit mit Meineke zusammen?

Sag ich doch, schluchzte Pako. *Was bleibt mir denn anderes übrig, als mich „erkenntlich" zu zeigen. Und wenn dich dann noch so eine Ziege wie die Schönfeldt niederschreibt, hast du sowieso schon verloren. Da hilft nur eins.* Pako riss sich die Bluse auf und warf sich an Jean-Maries Brust.

Drei in einem Boot

Als Hämmerle am nächsten Morgen bei Lilo auftauchte, um Meineke aus seiner Gefangenschaft zu erlösen, traute er seinen Augen nicht. In einer Ecke des Weinkellers lagen friedlich zusammengerollt Lilo König-McCarthy und Art Meineke. Lilos schwerer Arm lag quer über Arts Brustkorb und hob und senkte sich im Takt von Meinekes lautem Geschnarche.
Nach ein paar Kannen Kaffee waren die beiden wieder im Hier und Jetzt. Meineke saß mit hochrotem Kopf in der Küche. Der Dicke würde doch wohl nicht denken, dass er und Lilo ... Er sah zu ihr hinüber. Lilo genoss die Situation. Ihr ging es prächtig. Abgesehen davon, dass sie ihn dauernd befummelte, als hätte sie sich letzte Nacht gewisse Rechte erworben, schien ihr auch der Rotwein nichts ausgemacht zu haben.
Und wie geht's jetzt weiter? Sie drosch Meineke aufmunternd auf den Schenkel. *Jetzt, wo wir wissen, dass du unschuldig bist, können wir uns ja zusammen auf die Suche nach dem Mörder machen. Das Trio Infernale von Freiburg,* sie wieherte. *Los Jungs, jetzt knacken wir erst mal den Computer.*

Als sie wenig später Meinekes Wohnung betraten, trauten sie ihren Augen nicht. Es sah aus, als sei der Orkan Lothar durchgefegt. Die Schubladen waren aus den Schränken gerissen, ihr Inhalt in sämtlichen Zimmern verteilt. Im Schlafzimmer hatte jemand die Matratzen aufgeschlitzt. Sogar vor der hochwertigen Jazz-Vinyl-Sammlung im Wohnzimmer hatten die Einbrecher nicht Halt gemacht. Die Eindringlinge hatten ganze Arbeit geleistet. Fassungslos hob Art Meineke eine zerbrochene Schallplatte von Miles Davis hoch. *Verbrecher,* ächzte er. *Gemeines Pack. Vandalen. Das war meine Lieblingsplatte. Und zudem war der Miles doch ein Freund vom Dicken. Wenn der das erfährt.* Er sah sich gehetzt um. *Ich sag doch, ich bin der Nächste.*

Hör schon auf zu jammern, keifte Lilo. *Schau lieber nach, ob der Laptop noch da ist. Ich habe da nämlich so eine Ahnung. Ich glaube nicht, dass der Einbrecher hinter dir oder deiner Plattensammlung her war.*

Meineke stürzte ins Arbeitszimmer. Richtig. Freia Schönfeldts Laptop war verschwunden.

Das is ja 'n Ding. Hämmerle war platt.

Eine Katastrophe ist das, Meineke war dem Zusammenbruch nahe. *Stellt euch doch mal vor, wenn Freia wirklich Recht gehabt hat und an der Geschichte mit den falschen Bissiers ist was dran. Dann bin ich erledigt. Gar nicht auszudenken, was passieren kann, wenn der Laptop in falsche Hände gerät.*

Wer könnte sonst noch ein Interesse an dem Computer haben? fragte Lilo. *Ich sage euch, wenn wir das wissen, haben wir auch den Mörder.*

Also, Hämmerle setzte sich auf einen umgekippten Papierkorb. *Nehmen wir an, die Bissiers sind falsch. Wer will außer unserem Herrn Direktor hier* – er warf Meineke einen verächtlichen Blick zu – *verhindern, dass die Sache rauskommt?*

Meineke ließ sich schwer in seinen Schreibtischstuhl fallen: *Na der, der die Bilder gefälscht hat. Und das kann praktisch jeder Maler zwischen hier und der Mongolei gewesen sein.* Er sah Lilo an. *Am Ende steckt sogar dein sauberer Nachbar Tim Jung mit drin. Ich bin mir inzwischen ganz sicher, das war er, neulich nachts im Museum.*

Aber du weißt doch ganz genau, dass Tim Jung nur solche Riesenschinken malt, wandte Lilo ein. *Der kann gar nicht klein malen, das hat er mir in einer schwachen Stunde mal verraten. Er hat eine Malhemmung, wenn die Leinwand nicht mindesten zwei Quadratmeter groß ist. Muss irgendwas mit seinen Kindheitserlebnissen zu tun haben. Ich glaube, sein Vater hat Briefmarken entworfen. Muss ein ziemlicher Kleingeist gewesen sein. Ein echter Tyrann. Oder hast du etwa schon mal ein kleinformatiges Werk von Tim Jung gesehen? Ich glaube, dazu hat er gar nicht die Motorik.*

In Hämmerles Kopf machte es Klick. Für den Bruchteil einer Sekunde tauchte das Bild von Tim Jungs Atelier im Gartenhaus von dessen Villa in seiner Erinnerung auf:

Also, in seinem Atelier hab ich auch kleine Leinwände gesehen.

Wie?

Was?

Bei Jung?

Ja. Hämmerle konnte sich jetzt ganz deutlich an die Mordnacht erinnern. Hinter dem Stapel mit Jungs großformatigem Krikelkrakel hatten ein paar kleine Arbeiten gestanden. Er hatte sich noch gewundert, dass auf den Bildern sein geliebtes Münster zu erkennen war.

Ich bin ganz sicher. Da war das Münster drauf.

Das müssen wir untersuchen, sagte Lilo. *Ich bin heute nachmittag bei Tim zum Tee eingeladen. Ihr könnt die Zeit ja nutzen und euch das Atelier genauer ansehen. Ich lenke ihn ab, dann habt ihr genügend Zeit.*

Hinter Gittern II

Am frühen Nachmittag saß Jean-Marie Hämmerle wieder bei Dieter Pikulski im Besucherzimmer des Untersuchungsgefängnisses am Holzmarkt.

Du scheinst die Zeit ja gut zu nutzen. Auf meine Kosten. Pikulski war rot vor Zorn. *Soso, Pako. Und das erzählst du mir, während ich hier sitze. Ich sag dir, wenn du mich nicht bald hier rausholst, garantiere ich für nichts mehr.* Pikulski war mit seinen Nerven am Ende.

Hier, ich hab dir was mitgebracht. Hämmerle kippte den Inhalt seiner Plastiktüte auf den Tisch: einen Deo-Roller und zwei getigerte Tangaslips.

Bist du wahnsinnig? Dieter stopfte mit einem hektischen Blick auf den Wachmann im Muscleshirt die Tangas zurück in die Tüte. Heute hatte ein anderer Beamter Dienst. *Wenn das hier jemand sieht ...*

Dir kann man's auch nie recht machen, maulte Jean-Marie.

Ist das alles, was du kannst? Hier rummeckern? Wer sitzt denn im Knast und geht zugrunde? Pikulski stiegen die Tränen in die Augen. *Und was tust du, um mich hier rauszuholen?*

Hämmerle schielte auf den Bewacher:

Das ist nicht so einfach, sagte er.

Was heißt hier nicht so einfach, brauste Pikulski auf. *Draußen laufen doch genügend Verdächtige rum. Irgendeiner wird's ja wohl gewesen sein. In dieser Kunstszene hatte doch jeder Zweite Zoff mit Freia. Und untereinander auch. Scheinheilig bis zum Geht-nicht-mehr. Küsschen hier, Küsschen da, und hintenrum werden die Messer gewetzt. Wie hat dieser Jung zum Beispiel gegen Freia intrigiert. Und gleichzeitig stand er dauernd bei ihr auf der Matte.*

Einmal sogar mit einem Riesenblumenstrauß. Falsches Gesindel. Aber mich sperren sie ein.
Ist ja gut, beschwichtigte Jean-Marie. *Ich komme ja voran. Wenn alles klappt, haben wir dich spätestens morgen hier raus.*
Noch ein Wort in diese Richtung und ich bring dich in deine Zelle, Schatz, säuselt der Wachmann.
Hämmerle glotze den Typen mit offenem Mund an. Der Beamte hatte einen Körper wie Arnold Schwarzenegger in seinen besten Zeiten. Aber die Stimme kam von der Rosa Hilfe.
Hör mal, sagte Jean-Marie zu Pikulski, *was ist denn hier los?*
Sei bloß still, zischte Dieter. *Du machst alles nur viel schlimmer. Er ist noch auf Eroberungstour. So bin ich wenigstens vor den anderen sicher.* Dieter sah Hämmerle durchdringend an. *Du siehst, wie wichtig es ist, dass du mich hier rausholst. Ich weiß nicht, wie lange ich ihn noch hinhalten kann.*
Jetzt ist aber Schluss, ihr Süßen. Der Bewacher stand auf und legte Pikulski sanft seine riesige Pranke auf die Schulter. *Die Besuchszeit ist zu Ende.*
Du siehst, was ich meine. Dieter ließ den Kopf hängen und trottete ergeben neben seinem Bewacher aus dem Zimmer.
Versuch, auf dem Rücken zu schlafen, wollte Jean-Marie ihm noch mit auf den Weg geben. Aber da war die schwere Stahltür schon endgültig hinter Dieter ins Schloss gefallen.

Action-Painting

Als Lilo König-McCarthy bei Tim Jung klingelte, war Freiburgs Malerkönig noch in der Küche beschäftigt. In der ganzen Wohnung roch es nach Zimt – ein Gewürz, das Lilo seit dem unglücklichen Ausgang ihrer Affäre mit einem arabischen Kaufmann vor ungefähr 50 Jahren nicht ausstehen konnte. Nur unter größten Schwierigkeiten war sie aus der Oase entkommen.

Was gibt denn das Feines? zwitscherte sie und schnüffelte.

Einen Kirschplotzer, prahlte Jung. *Extra für dich zum Tee. Das Rezept habe ich aus der Zeitung zum Sonntag. Absolut simpel, aber superlecker. Fix und fein, sozusagen. Du rührst Eigelb, Butter und Zucker zusammen. Dann verrührst du Mandeln und Semmelbröseln mit Kirschwasser, noch etwas geraspelte Schokolade und eine Messerspitze Zimt dazu. Das Ganze rührst du dann auch wieder zusammen, die Kirschen rein, voooorsichtig den Eischnee unterziehen, ab in den Backofen bei 200 Grad, so eine drei viertel Stunde. Super, was?* Jung strahlte über beide Backen und sah auf die Uhr. *Muss sofort fertig sein. Wie wär's derweil mit einem Gläschen Schampus?* schnarrte er.

Das ist eine feine Idee. Laß uns ins Wohnzimmer gehen, antwortete Lilo. *Ist Conny nicht da?* Sie sah sich um.

Die musste überraschend zu ihrer Mutter nach Erkelenz. Jung drückte Lilo ein Glas in die Hand und goss ein.

Erkelenz, wo ist das denn? Lilo zog die Brauen hoch und nippte an ihrem Schampus.

Irgendwo am Niederrhein. Ziemlich tote Ecke. Plattes Land, wohin du blickst. Nichts für unsereins, Jung deutete durch das Panoramafenster auf die Dächer Freiburgs.

Dann ist sie bei Freias Beerdigung morgen wohl nicht dabei, wenn sie sich um ihre Mutter kümmern muss, sagte Lilo.
Conny wäre auch so nicht mitgekommen. Die beiden konnten sich nicht leiden. Komm, Tim Jung hielt Lilo die Terrassentür auf. *Ich habe draußen gedeckt.*
Also, um ehrlich zu sein, mir ist es draußen fast ein bisschen zu heiß, Lilo fächelte sich gekünstelt mit ihrem Handtäschchen Luft zu.
Nach ihrem Plan sollten Hämmerle und Meineke von Lilos Grundstück aus in Jungs Garten eindringen und sich dann unbemerkt zum Atelierhaus schleichen. Dort wollten sie die kleinformatigen Bilder holen, die Hämmerle in der Mordnacht gesehen hatte, um sie später bei Lilo genauer zu untersuchen. Zur Sicherheit hatte Lilo Hämmerle ihren Revolver in die Hand gedrückt.
Am liebsten, machte Lilo weiter, *würde ich in deinem schönen kühlen Wohnzimmer sitzen und den wunderbaren Blick genießen. Setz du dich doch einfach hierher,* sie deutete auf das Designersofa, das mit dem Rücken zum Fenster stand. *Dann kann ich dir gegenüber Platz nehmen und hab dazu noch die Aussicht.* Sie schob einen schweren Sessel durchs Wohnzimmer und ließ sich hinein fallen.
Ergeben räumte Tim Jung den Terrassentisch ab und deckte den Couchtisch ein.

Nun machen Sie schon, Hämmerle zog ungeduldig den Zaun vor dem dichten Gebüsch auseinander, der Lilos Grundstück von dem des Malers trennte. Meineke schlüpfte durch das Loch im Maschendraht und landete der Länge nach in den Knallerbsen, die Jungs Grundstück vor Lilos neugierigen Blicken schützen sollten.
Jetzt Sie, ächzte Meineke im Aufstehen und klopfte sich den Dreck vom anthrazitfarbenen Armani-Anzug. *Geben Sie mal her*. Meineke nahm Hämmerle die Drahtschere aus der Hand und vergrößerte demonstrativ das Loch im Zaun.

Au Scheiße, Jean-Marie bückte sich und rieb sich die Zehen. *Was hier alles rumliegt.* Er schob mit dem Fuß ein verrostetes, seltsam verformtes Eisenstück aus dem Weg.
Kommen Sie schon. Und machen Sie nicht so ein Theater. Es muss ja nicht jeder mitkriegen, was wir hier machen, sagte Meineke.
Ist doch wahr, maulte Jean-Marie, während er sich durch das Loch im Zaun zwängte. *Die reinste Müllhalde ist das hier. Da vorne ist es,* er rappelte sich auf und wies Richtung Gartenhaus.
Das Atelierhaus lag im unteren Teil des Gartens. Bei Tag sah alles ganz anders aus, fand Hämmerle. Gar nicht so romantisch. Und vor allem nicht so geschützt, wie er es in Erinnerung hatte. Um zum Haus zu gelangen, mußten gut dreißig Meter feinst geschorenen Rasens überquert werden, es sei denn, man schlug sich am Zaun entlang durch die Knallerbsenbüsche.
Hier residiert das Kapitalistenpack, knurrte Jean-Marie. Große Grundstücke waren ihm schon immer suspekt gewesen. *So was lässt sich doch durch ehrliche Arbeit nicht erreichen. Da muss einer gründlich den Mehrwert abschöpfen. Und was ist das anderes als die systematische Ausbeutung der werktätigen Klasse! Und außerdem: der arme Gärtner. Oder glauben Sie, dass Jung sein Gras selbst mäht?*
Meineke verstand kein Wort. Dieses ganze Theoriegefasel hatte ihn als Kulturmanager noch nie interessiert. Bei ihm musste was laufen. Was zählte, waren Zahlen.

... und dann hat mein Galerist in Köln gesagt: Ich habe jede Menge Interessenten. Wir müssen aufpassen, dass wir uns den Markt nicht versauen. Du darfst nicht so viele Bilder raushauen, das senkt sonst die Preise.
Tim Jung war mächtig in Fahrt. Lilo kannte allerdings eine andere Version des Kölner Galeristen. Nach der war Jung im Moment „absatztechnisch“ eher ein Problem.

Ach ja? fragte sie interessiert. *Das ist aber schön. Ich sag ja immer: Bei Knud ist man in guten Händen. Da muss ich ja zusehen, dass ich auch noch ein Bild von dir kriege. Wenigstens ein ganz kleines,* fügte sie kokett hinzu. *Du weißt doch, meine Kunst braucht Fläche. Da geht es mir wie Jackson Pollock. Action-Painting. Die Bewegung des Malers beim Malen muss sich ins Bild übertragen. Malen ist ein Akt der Entäußerung. Der Leidenschaft. Die libidinöse Energie muss sich auf der Leinwand wieder finden.* Jung sprang auf und wischte sich den Schweiß von der Stirn.
Ach, bleib doch sitzen, sagte Lilo hektisch. *Das interessiert mich brennend.* Aus den Augenwinkeln beobachtete sie, wie Meineke mit schnellen Schritten über den Rasen rannte. Etwas langsamer keuchte Hämmerle hinterher. Sie goss Jung noch eine Tasse Tee ein.
Wie war das genau mit der Libido? fragte sie.
Es kommt nicht mehr auf das Ergebnis an, Tim war jetzt ganz in seinem Element. *Du musst deine eigene Geilheit in einen abstrakten Gestus übersetzen.*
Und was sagt Conny dazu? fragte Lilo zerstreut. Gott sei Dank. Die beiden waren hinter dem Atelier verschwunden. Hoffentlich fanden sie ein offenes Fenster. Das würde die Sache erleichtern.

Sie hatten Glück. Das Fenster an der Rückseite des Ateliers war nur angelehnt. Es war sogar groß genug, um Hämmerle durchzulassen. Jean-Marie machte einen großen Bogen um die Kreidestriche auf dem Fußboden, mit denen die Polizei die Umrisse von Freias Leiche markiert hatte. Niemand hatte sie entfernt. Ihn fröstelte trotz der Sommerhitze. Es dauerte keine zwei Minuten, dann hatten sie gefunden, was sie suchten: ein paar Skizzen und kleinformatige Versuche, die den drei angeblich wieder aufgetauchten frühen Bissiers verdammt ähnlich sahen.
Bingo. Hämmerle drehte sich zu Meineke um. *Damit haben wir Jung quasi überführt.*

Der Museumschef saß wie ein Häufchen Elend auf einem Stapel Zeitungen und stützte den Kopf in die Hände.
Scheiße, Scheiße, Scheiße, murmelte er. *Wenn das der OB erfährt ...*

Am Teetisch war Tim Jung gerade beim Einfluss der Sandmalerei der Navajo-Indianer auf Pollock und damit auf sich selbst angelangt, als Lilo, wiederum aus den Augenwinkeln, sah, wie ihre beiden Detektive mit ein paar Bildern unterm Arm zurück über die Wiese huschten. Sie stand auf:
Du Tim, das ist alles ganz furchtbar interessant. Wir sollten im Marienbad mal einen Vortrag organisieren. Ich werde das gleich mal vorschlagen. Aber jetzt muss ich los. Wir haben Vorstand. Du weißt ja, der Kunstverein.

Wenig später saßen Meineke, Hämmerle und Lilo im König-McCarthy'schen Wohnzimmer und betrachteten die Bilder und Skizzenblätter aus Jungs Atelier.
Das ist der Beweis, stellte Lilo triumphierend fest. *Was ihr bei Tim gefunden habt, sind eindeutig die Vorstudien zu den drei angeblichen Bissiers im Museum.*
Hämmerle betrachtete die Bilder vom Münster, dem Schwaben- und dem Martinstor:
Das heißt noch lange nicht, dass er sie auch selbst gemalt hat. Vielleicht hat er sie ja für jemanden versteckt. Außerdem haben Sie doch erzählt, sagte Hämmerle, an Lilo gewandt, *der kann quasi gar nicht im Kleinformat malen.*
Da wird er mich wohl angeschwindelt haben, Lilo zuckte mit den Achseln. *Jedenfalls stammen die Bilder aus seinem Atelier. Irgendwie steckt er mit drin. Ich hab ja auch nicht behauptet, dass er den ganzen Deal alleine eingefädelt hat.*
Und was sollen wir jetzt tun? jammerte Meineke. Der Schweiß stand

ihm in dicken Tropfen auf der Stirn, die Hände zitterten und sein Atem kam stoßweise. *Ich bin erledigt, wenn das rauskommt.*
Lilo ignorierte Meinekes Einwand:
Wir machen es klassisch und überraschen Tim. Wir konfrontieren ihn mit den Bildern und ziehen die Schlinge zu.
Und wann soll das sein? wollte Jean-Marie wissen.
Na jetzt sofort. Lilo wuchtete sich aus ihrem Sofa. *Was du heute kannst besorgen ...*
Mit einem Satz war Meineke bei Lilo. Er packte ihren Arm. Mit der anderen Hand zog er Lilos Revolver aus der Sakkotasche und drückte ihr den Lauf an die Schläfe. Seine Augen flackerten fast so wie die von Christoph Daum.
Her mit den Bildern, bellte er Hämmerle an. *Sonst ist deine Freundin hier die nächste Leiche.*
Tun Sie, was er sagt, Jean-Marie. Der Mann ist verrückt, ächzte Lilo mit hochrotem Kopf.
Hämmerle blieb nichts anderes übrig. Er musste Meineke die schwer erarbeiteten Beweisstücke aushändigen.
Und jetzt ab in den Keller, keuchte der Museumsleiter. *Wo der Wein steht, wisst ihr ja!* Dann stieß er die beiden die Treppe hinunter in den dunklen Weinkeller und schloss die Tür von außen ab.
Nur Sekunden später hörten Lilo und Hämmerle, wie die Haustür ins Schloss fiel und ein Wagen mit quietschenden Reifen davon jagte.
Kommen Sie, Sie Held, Lilo drehte den Lichtschalter an. *Wie ist Meineke überhaupt an den Revolver gekommen? Den hatte ich doch Ihnen gegeben.*
Jean-Marie wurde puterrot:
Ich wollte das Ding nicht, sagte er kleinlaut. *Das ist mir viel zu gefährlich. Außerdem passte er nicht in meine Hosentasche.*
Na bravo! Lilo entkorkte eine Flasche Chateau Lafitte und verdrehte

die Augen. *Das haben wir jetzt davon. Kommen Sie, auf den Schreck trinken wir einen Schluck. Unsere schönen Beweise sind wir los. Und Art mit ihnen. Cheerio.* Sie nahm einen tiefen Zug aus der verstaubten Flasche und hielt sie Hämmerle hin. *Und dann suchen wir den Schlüssel. Irgendwo habe ich hier unten einen versteckt. Für Notfälle.*

Leichenschmaus

Am nächsten Nachmittag fand die Beerdigung von Freia Schönfeldt statt. Es war ein grauer, windiger Tag. Das Dauerhoch über Freiburg hatte sich gegen die Tiefdruckströmungen, die vom Atlantik her kamen, nicht länger behaupten können. Es nieselte ununterbrochen, während Dr. Gustav Reich, der sich der feixenden Trauergemeinde als einer von Freias langjährigen journalistischen Weggefährten vorstellte, seine Rede auf die „hochgeschätzte und ihrem Beruf und damit der Wahrheit leidenschaftlich verbundene, engagierte und aufrechte Persönlichkeit des öffentlichen Lebens" hielt. Freia Schönfeldt war sich, so Reich „in jedem Augenblick ihrer Verantwortung und der damit verbundenen Gefahr bewusst. Wir müssen erkennen," schloss die Rede, „Freia Schönfeldt ist ein Opfer ihres Berufes geworden." Nur der Würde des Ortes war es zu verdanken, dass die anwesenden Journalisten nicht in johlenden Beifall ausgebrochen waren.

Dafür ging es beim anschließenden Leichenschmaus im Waldsee umso höher her. Man saß an langen Tischen im Festsaal oder stand in Grüppchen herum und selbst die sonst so hartgesottenen Kulturjournalisten und Lokalredakteure der Badischen Zeitung schlackerten beim Lauschen am Nebentisch mit den Ohren. Von „zweifelhaften Methoden" war da die Rede, von „Abrechnung", von „im Dreck wühlen", sogar von „Erpressung". Auch Hämmerle schwirrte der Kopf. So eine Beerdigung hatte er selbst in Lahr, wo er herkam und wo man die Dinge des Lebens gewöhnlich beim Namen nannte, noch nicht erlebt. Die drei Herren der Künstlervereinigung

„Baden Konkret“ lehnten am Tresen und nahmen auch kein Blatt vor den Mund:
... selbst schuld ... blöde Tussi ... keine Ahnung von der Linie ...
Eine kupferrot gefärbte Dame mittleren Alters behauptete lauthals, sie wisse aus erster Hand, dass Freia sich gute Kritiken habe bezahlen lassen.
Wie viel hast du ihr denn gegeben? Der Bildhauer mit der Kettensäge lachte röhrend und drosch Tim Jung auf die Schulter.
Das hast du mit deinem Kettensägenmassaker vielleicht nötig, entgegnete der Malerkönig spitz. Zu Hämmerles Erstaunen schien niemand zu bemerken, dass Art Meineke nicht zu Freias Beerdigung erschienen war. Aber so waren sie eben, die Künstler. Nur auf sich selbst bezogen. Aus den Augen, aus dem Sinn. Aus den Augenwinkeln bemerkte er, wie Pako zu ihm herüberstarrte. Als sich ihre Blicke für einen Moment kreuzten, lief die junge Künstlerin knallrot an. Dann drehte sie sich abrupt weg.
Karl-Uwe Köselmayr war zu Lilo König-McCarthy hinübergeschlendert. *Spießervolk,* hörte Jean-Marie ihn sagen.
Lilo nickte teilnahmsvoll:
Für einen Global Player wie dich, Karl-Uwe, muss das hier doch tiefste Provinz sein. Da bist du aus New York sicher anderes gewohnt. Überhaupt: Wie du das mit den Bissiers gemacht hast, sie schnalzte anerkennend mit der Zunge, *ganz große Klasse. Big Business. Ich wüsste zu gern, von wem du die Bilder gekauft hast. Vielleicht kenne ich die Leute sogar.*
Aber Lilo, du weißt doch, wie das läuft, säuselte Köselmayr. *Diskretion ist alles.*
Na ja, Hauptsache, die Bilder sind echt, flötete Lilo.
Was willst du damit sagen? Köselmayrs Stimme wurde scharf. *Hat irgendjemand das Gegenteil behauptet?* Er machte auf dem Absatz kehrt und ließ Lilo stehen.

Die sah sich kurz um und ging dann auf Tim Jung zu: *Was man hier so zu hören kriegt,* sagte sie zu dem Maler, *also ich kann schon verstehen, dass da jemand die Nerven durchgegangen sind,* sagte sie und sah ihren Nachbarn durchdringend an.
Aber dass das ausgerechnet bei mir sein musste ... Jungs Stimme war aggressiv. *Das hätte der ihr auch woanders besorgen können.*
Wieso „der"? fragte die dürre Künstlerin mit den tellergroßen Augen, die auf Jungs Party so sachkundig über Yves Klein parliert hatte. *Warum müssen die Mörder immer nur Männer sein? Auch Frauen können gewalttätig sein. Die sind unheimlich stark, das wisst ihr bloß nicht.* Sie sah verächtlich in die Runde. *Ich hätte zwar keinen Grund gehabt, Freia umzubringen, aber meine Kraft und meine Leidenschaft würden für euch alle reichen ...* Sie drehte der winzigen, kross gebratenen Wachtel auf ihrem Teller entschlossen den Kopf ab.
Ja, ja, Madame, die Macht der Frauen. Der baumstarke Bildhauer mit der Kettensäge grinste verächtlich in die Runde und zog an seiner Zigarre. *Machen wir uns doch nichts vor. Wir bewegen uns in Kreisen, in denen eine Ehe unter Heteros gewöhnlich als Mischehe bezeichnet wird. Ich frage mich, über wen Sie hier eigentlich Macht haben wollen.*
Blöder Macho, keifte eine gepiercte Videokünstlerin. *Wer redet denn heute noch von Männern. Die Zukunft ist weiblich. Und du,* sie stierte den Bildhauer an, *du gehörst mal ordentlich durchge...*
Tztztz, Lilo König-McCarthy nahm die Künstlerin beim Arm. *Bitte, liebes Kind, wir sind hier immer noch auf einer Beerdigung. Ein bisschen Contenance ist da angebracht.*
Die Künstlerin riss sich los und rannte hinaus. *Ihr könnt mich alle mal!* schrie sie.
Nein danke! brüllte der Bildhauer hinterher.
Ey Yvonne, Pako rannte an Hämmerle vorbei der Videokünstlerin nach.

Mein Gott, dachte Hämmerle, wo bin ich denn hier nur hin geraten. Wer trieb es eigentlich nicht mit wem? Dagegen war es im Collegium Borromäum bei seiner Beinahe-Priester-Ausbildung fast harmlos zugegangen.
Er sah durch die großen Scheiben hinaus. Draußen lag der stille Waldsee friedlich im Nieselregen. Zur fünften Jahreszeit trieb hier die Zunft der Waldseematrosen ihr Unwesen. Das Jahr über spielte man im Saal Bebop und in den kurzen Sommermonaten wurde das Ufer zur Freiluftkino-Arena. Aber vor Klaus Kinski als Nosferatu ergriffen selbst die Enten die Flucht. Heute waren nur ein paar Erpel da, die um die einzige Ente weit und breit herumschnatterten. Da ist die Welt wenigstens noch in Ordnung, dachte Hämmerle, und als Mann wusste man, woran man war. Das sah man schon am Federkleid.
Wie auf Kommando fingen die Enten an zu kreischen und stoben in den bleigrauen Himmel. Auch im Saal schrie jemand auf. Hämmerle fuhr herum. Er sah gerade noch, wie sich Tim Jung zusammenkrümmte und vornüber auf die Tischplatte fiel. Geschirr klirrte. Das weiße Tischtuch färbte sich blutrot.

Harry Stefan lehnte an der Theke des Waldsee-Restaurants und kippte Magenbitter. Er hatte vergebens versucht, seinen Assistenten alleine zu der Vernehmung zu schicken. Nach den ersten Zeugenbefragungen hatte Stövchen einen Nervenzusammenbruch erlitten und musste in die Psychologische Ambulanz eingeliefert werden. Zum Glück war Stövchens Mutter aus St. Georgen im Schwarzwald seit einigen Tagen in der Stadt, nachdem ihr Junge ihr am Telefon ein wenig über das Milieu erzählt hatte, in dem er gerade ermitteln musste. So war Stefan wenigstens diese Sorge los. Der Breisgau-Bohème, wie er die Freiburger Provinzkünstler insgeheim nannte, konnte er allerdings nicht entgehen. Immerhin war der Schnapsvorrat der Waldsee-Kneipe groß genug, um die Befragung aller Gäste zu überstehen. Außerdem war er fast ein wenig stolz auf seine Idee, Hämmerle nicht persönlich zu vernehmen. Er hatte den dicken Quatschkopf einfach aufgefordert, seine Aussage schriftlich zu machen. Sollte der Idiot sich die Finger mit seinen verqueren Theorien über Kunstfälschungen doch wund schreiben.

Inzwischen hatte Stefan die Vernehmungen abgeschlossen und die zweite Flasche Fernet angebrochen. Ihm brummte zwar der Schädel, aber insgesamt, fand er, war er doch ganz gut über die Runden gekommen. Tim Jung jedenfalls war eindeutig schlimmer dran als er selbst. Dem Maler steckte eine Bleikugel im Bauch, eine Sache, die sich mit Magenbitter nicht beheben ließ. Aber er lebte. Ein paar Wochen in der Uniklinik und Jung würde weiterkrakeln können. Von dem Täter, der den Schuss aus der Deckung des Waldes heraus abgegeben hatte, fehlte jede Spur. Da würde noch eine Menge Arbeit auf Stefan zukommen. Der Kommissar goss nach.

Über den Dächern von Freiburg

Der Blick nahm Hämmerle fast den Atem. So hatte er sein Freiburg noch nie gesehen. Aus dem „Kagan“ im 17. Stock des Bahnhofsturms sahen die Dächer der Stadt mitsamt dem Schwabentor wie Spielzeug aus. Die untergehende Sonne färbte den Himmel im Westen rot und schickte ihre Strahlen quer durch den gläsernen Turm.
Na, hab ich zu viel versprochen? Lilo König-McCarthy fläzte sich in den tiefen cremefarbenen Lederpolstern der neuen In-Bar Freiburgs. Für ihr Alter war sie erstaunlich gelenkig. Hämmerle hatte größere Probleme mit der Sofalandschaft.
Das hat alles mein alter Freund Vladimir eingerichtet. Vladimir Kagan. Zur Eröffnung dieses Etablissements ist er sogar aus New York angereist. Und wissen Sie, was er in seiner Rede gesagt hat? „Ich bin ein Freiburger“ hat er gesagt. Und das will was heißen, wenn man aus dem „big apple“ kommt. Bis morgens um vier haben wir zusammen getanzt. Lilo klatschte mit der flachen Hand auf die Polster. *Solche Sofas hatten übrigens schon Marilyn Monroe und Andy Warhol. Echtes Design.*
So saß man hier auch, fand Jean-Marie. Die Sofas waren so tief, dass er die Beine nicht mehr auf den Boden bekam, wenn er sich anlehnte. Immer noch besser als die seltsamen Sessel, dachte er und beäugte misstrauisch ihre zierlichen Rückenlehnen. Er zog es jedenfalls vor, auf der Sofakante zu hocken. Das war zwar unbequem, aber halbwegs sicher und der Blick über Freiburgs Dächer tröstete über vieles hinweg. Auch über den Anblick der schicken after-work-party-guests, die die Café-Bar bevölkerten.
Ausgesprochen hübsche Jungs hier, Lilo stieß den Finger tief in die

Wunde. *Hier würde ihr gut aussehender Freund auch her passen.*
Eine zierliche Blondine im schwarzen Strick eines bekannten Freiburger Labels stöckelte mit einem Teller Wachteleier im Kressebett an Hämmerle vorbei. Vom 18. Stock wummerten die Beats noch verhalten aus der Lounge herunter. Zu später Stunde würde hier die Post abgehen. An den Wochenenden standen die Jungen und Schönen aus Emmendingen sogar bis zum Haupteingang des Bahnhofs in der Schlange und warteten auf den Lift nach oben.
Es war Lilos Idee gewesen, hierher zu kommen. Sie schien hier bekannt zu sein. Jedenfalls hatte sie Jean-Marie ohne Probleme an den strengen Türstehern vorbeigeschleust, die zunächst Einwände gegen Hämmerles Standardkluft (Socken und Boxershorts von vorgestern, eine zeltgroße 501 in verwaschenem Blau, das T-Shirt vom Vortag und eine winzige, ockergelbe Lederweste, die schlank machen sollte) gehabt hatten.
Jetzt lassen Sie uns mal zusammenfassen, was wir wissen, begann sie die Fallbesprechung und hob ihren Cocktail. Sie kam sich vor wie Miss Marple. *Freia Schönfeldt ist erschlagen worden. Auf der Party von Tim Jung. Wir vermuten, dass sich der Täter unter den Partygästen befand. Freia war, gelinde gesagt, nicht sehr beliebt und einige der Anwesenden hätten sehr gute Gründe gehabt, ihr eins überzubraten.* Sie sog geräuschvoll an ihrem Strohhalm. *Aber konzentrieren wir uns erst einmal auf das Naheliegende,* machte sie weiter. *Da ist einmal Ihr Freund Dieter Pikulski – nein,* Lilo hob abwehrend die Hände, *unterbrechen Sie mich jetzt nicht. Ich glaube ja auch nicht, dass er es war, aber es ist immerhin möglich. Eine klassische Beziehungstragödie also. Das soll es ja geben. Meinen zweiten Mann zum Beispiel,* sie hielt inne, *nun gut,* fuhr sie fort, *das tut hier nichts zur Sache. Aber wir haben noch eine zweite Möglichkeit. Und die gefällt mir viel besser.* Lilo kicherte. *Freia wusste, dass mit den Bissiers was nicht in Ordnung war. Sie vermutete, dass die Bilder gefälscht seien. Sie spricht mit verschiedenen Leuten*

darüber. Mit Meineke zum Beispiel und mit Tim Jung. Auch mit Reich vermutlich. Den Rest kennen wir. Freias Verdacht trifft zu und höchstwahrscheinlich ist Jung der Fälscher. Das beweisen die Vorstudien, nicht wahr? Sie stupste Hämmerle auf den Schenkel. *Zumindest nehmen wir das an. Und was schließen wir daraus? Wir schließen daraus,* sagte sie triumphierend, *dass der Mord an Freia etwas mit ihren Recherchen zu tun gehabt hat. Irgendjemand wollte einen Skandal verhindern. Dafür spricht auch, dass der Computer verschwunden ist, auf dem sie ihre Untersuchungen vermutlich gespeichert hat. So,* sie atmete tief durch, *bis hierhin ist alles klar. Aber jetzt wird Jung selbst Opfer eines Mordversuchs. Ich glaube, wir können davon ausgehen, dass Jung da nicht irgendein Ablenkungsmanöver inszeniert hat, dazu ist er viel zu wehleidig. Stellt sich also die Frage, wer auf ihn geschossen hat. Wenn wir den haben, haben wir auch Freias Mörder. Ich bin ziemlich sicher, dass es in beiden Fällen derselbe Täter war. Weibliche Intuition. Und nun,* sie sah Jean-Marie auffordernd an, *wer könnte das gewesen sein?*
Hämmerle zuckte mit den Achseln:
Keine Ahnung. Wahrscheinlich jemand, der auch in das Geschäft mit den Fälschungen verwickelt ist.
Karl-Uwe Köselmayr zum Beispiel, warf Lilo ein, *der hat doch den Deal mit den Bissiers eingefädelt. Dem traue ich sowieso nicht über den Weg. Ich glaube, der war vor Jahren schon einmal in eine Sache verwickelt, die nicht ganz sauber war. Irgendeine dubiose Geschichte mit ein paar geklauten Bildern, die dann plötzlich in irgendeiner Privatsammlung aufgetaucht sind.*
Genau, Hämmerles dicker Zeigefinger fuchtelte vor Lilos Gesicht herum, *Köselmayr könnte es gewesen sein. Der ist aus der Kneipe gegangen, kurz bevor der Schuss fiel.*
Oder Meineke, Lilo schob den Finger zur Seite. *Der hätte guten Grund, Jung zum Schweigen zu bringen. Dann wäre er fein raus. Die Beweise vernichtet und der Fälscher tot.*
Hämmerle nickte. Tatsächlich war der Museumsleiter mit den Vor-

studien zu den drei gefälschten Bissiers spurlos verschwunden.
Auf der anderen Seite, machte Lilo weiter, *kann ich mir nicht vorstellen, dass Art jemanden umbringt. Der feige Hund kneift lieber den Schwanz ein und haut ab. Außerdem ist Freias Computer immer noch verschwunden und Meineke weiß genausowenig wie wir, wer den hat und was da alles drin steht.*
Hämmerle sah gedankenverloren einer der kleinen Bedienungen auf den Hintern. Lilo folgte seinen Blicken:
Wo steckt eigentlich Conny? fragte sie. *Die müsste als anständige Ehefrau doch bei ihrem Mann sein. Sie ist die Einzige, die sie zu ihm lassen. Tim wird nämlich in der Uni-Klinik strengstens bewacht. Das hat mein Anwalt raus gefunden.*
Der Anwalt war Lilos Maulwurf. Harry Stefan hatte bei der Staatsanwaltschaft bewirkt, dass Tim Jung vollkommen abgeschirmt wurde – einerseits „zur Sicherheit des Opfers", andererseits wegen der laufenden Ermittlungen, die, so Stefan, „auch Verdachtsmomente gegen das Opfer selbst ergeben" hatten. Die Wahrheit allerdings sah anders aus. Der Kommissar wollte nur eins: unbedingt verhindern, dass sich der Dicke wieder in einen seiner Fälle mischte. Aber er hatte nicht mit Lilo gerechnet. Die hatte sich einen genialen Schachzug ausgedacht, um die Kontaktsperre zu überwinden. Einen Anwalt, da war sie sicher, würden sie zu Jung lassen müssen. Dass besagter Anwalt ihr eigener war, ging ja niemand etwas an. So wussten sie wenigsten, wo Jung lag und dass er wieder einigermaßen ansprechbar war.
Also, ich verstehe diese modernen Frauen nicht, nahm Lilo ihren Gedanken wieder auf. *Als mein dritter Mann damals angeschossen wurde, habe ich Tag und Nacht an seinem Bett verbracht. Und da waren die Nächte anders als hier, mein Lieber.* Lilo deutete aus dem Fenster. Es war dunkel geworden. Stockdunkel. *Bei diesem Anblick hätte mein Freund Frank wohl eher gesungen: The city that ever sleeps.*

Hämmerle grunzte zustimmend. Da war was dran. Von hier oben konnte man erst richtig sehen, wie erfolgreich Freiburgs Innenstadt von Menschen geräumt worden war. In den Häusern ringsum brannte kein einziges Licht. Nur Büros und Banken. Das hatten die Spekulanten nun davon. Betonwüsten ohne Leben. Darüber tröstete Hämmerle auch der Gedanke an den gesparten Strom nicht hinweg.

Und jetzt? fragte er schließlich.

Ich schlage vor, wir machen einen kleinen Krankenbesuch, sagte Lilo.

Und wie wollen Sie das machen? fragte Jean-Marie zweifelnd. *Sie haben doch selbst gesagt, dass Jung streng bewacht wird. Wie sollen wir denn da zu ihm reinkommen?*

Lassen Sie mich nur machen, junger Freund. Lilo machte eine große Geste. *Mir fällt da schon was ein. Auf jeden Fall ist Tim Jung der Einzige, der uns irgendwie weiter helfen kann. Gegen Köselmayr können wir nichts ausrichten, selbst wenn wir was gegen ihn in der Hand hätten. Der ist viel zu ausgebufft. Bei Tim können wir ein bisschen bluffen. Wir behaupten einfach, wir hätten die Bissier-Studien aus seinem Atelier und eine Diskette von Freia, auf der die ganze Fälschungsgeschichte steht. Dann wollen wir mal sehen.* Sie kicherte.

Visite in der Unterwelt

Das Universitätsklinikum lag am Stadtrand im Freiburger Westen. Ein hoher Torbogen führte an der Pförtnerloge vorbei hinein in einen Park, der sich bis hinunter zur Güterbahnlinie an der Hartmannstraße erstreckte. An den Mauern des Torbogens wachten hoch über den Besuchern sechs Figuren des allegorischen Zyklus' „Die Lebensalter" aus der Zeit des Nationalsozialismus. Die älteren Gebäude, die die Chirurgie und die Frauenklinik beherbergten, waren in verwaschenem Gelb getüncht und stammten aus der ersten Hälfte des eben vergangenen Jahrhunderts. Die Neubauten mit dem Neurozentrum und der HNO-Klinik schlossen sich Richtung Westen an. Im Norden lag der Hauptfriedhof.

Der Park war an diesem frühen Morgen still und friedlich. Nur ein kleiner Junge jagte die Enten am Teich. Auf einigen Bänken saßen Männer und Frauen in Trainingsanzügen und blinzelten durch ihren Zigarettenqualm hustend in die Sonne.

Zwei Angehörige des Klinikpersonals in weißen Kitteln gingen strammen Schrittes auf den Haupteingang der Chirurgie zu. Um den Hals des Mannes baumelte ein Stethoskop. Offensichtlich handelte es sich um einen Arzt. Die Schwester neben ihm redete in einem fort auf den Doktor ein. Ein älterer Herr, der mit seinem Infusionsgestell durch den Park spazierte, grüßte die beiden höflich:

Guten Tag, Herr Doktor.

Ohne den Gruß zu erwidern, rauschte das Paar an ihm vorbei. Die beiden verschwanden im Innern des Gebäudes.

Der ältere Herr sah ihnen verwundert nach. Die Schwester mit den lila Haaren kam ihm ziemlich alt vor, aber wer weiß, vielleicht war der Mangel an Fachpersonal inzwischen so gravierend, dass sie die lange pensionierten Schwestern wieder holen mussten. Auch der Arzt mit seinem dünnen roten Zöpfchen wirkte irgendwie seltsam. Er sah noch, wie die beiden am Pförtner vorbeigingen und im Aufzug verschwanden.

Na bitte, ich sag's doch, schnaubte Lilo, als sich die Aufzugtür hinter ihnen geschlossen hatte. *Die merken nichts. Ich wette, wir könnten hier sogar noch jemanden operieren, gell, Herr Professor.* Sie stupste Hämmerle in die Rippen, dass das Stethoskop auf seinem Bauch hüpfte. *Kein Wunder, dass es überall von falschen Ärzten nur so wimmelt.*

In der Tat. Hämmerle sah aus wie der Frauenarzt von Bischofsbrück. Lilo König-McCarthy hatte sich selbst und Jean-Marie für ihren großen Auftritt im Krankenhaus im Berufsbekleidungsgeschäft „Enge" in der Herrenstraße eingekleidet. Das Stethoskop hatte sie in einem Laden für medizinisches Zubehör erworben. Als Arzt und Schwester verkleidet, würden sie garantiert am Wachmann vor Jungs Tür vorbeikommen und den Maler gehörig in die Mangel nehmen können. Lilo hatte an Hämmerles weißem Kittel ein Namensschildchen befestigt, das Jean-Marie als „Prof. Dr. Haemmerle" auswies, eine Hochstapelei, gegen die er sich nur halbherzig gewehrt hatte. Lilo selbst trug an ihrem gewaltigen Busen eine kleine Plakette, auf der „Sr. Lieselotte" zu lesen war. Die Birkenstocksandalen durfte Jean-Marie anbehalten. Schließlich gehörten die Latschen aus Bad Honnef sozusagen zur Grundausstattung des medizinischen Personals. Für alle Fälle hatten die beiden zur Tarnung lindgrüne OP-Masken in ihre Kitteltaschen gesteckt. Man konnte nie wissen.

Vor der Tür zur Station, auf der Tim Jung nach Auskunft von Lilos Anwalt in einem feudalen Einzelzimmer lag, gab es eine letzte Manöverbesprechung:

Also, noch mal, sagte Lilo. *Wir gehen jetzt da rein. Tims Zimmer ist ganz am Ende des Flurs, Nummer,* sie sah auf einem kleinen Zettel nach, den sie aus der Kitteltasche kramte, *1007. Und vor allem: unauffällig. Tun Sie so, als würden Sie hierher gehören. Wir müssen am Schwesternzimmer vorbei. Und wenn wir zu dem Wachmann kommen, dann überlassen Sie die ganze Sache am besten mir. Haben Sie den Kassettenrecorder?*
Der Recorder spielte die Hauptrolle in der geplanten Inszenierung. Er sollte heimlich bei ihrem Verhör mitlaufen. Hämmerle griff in seine Kitteltaschen und nickte. Ihm ging sichtlich der Arsch auf Grundeis. Aber Lilo ließ keine Schwäche zu:
Denken Sie daran! Wenn Sie jemand anspricht, stauchen Sie ihn ordentlich zusammen. „Show him you're cross", wie mein zweiter Mann immer sagte. Was zählt, ist Autorität. Sie sind der Halbgott in Weiß. Lilo schob Hämmerle durch die Glastür, die den Vorraum von der Station trennte: *Nun machen Sie schon.*
Am Schwesternzimmer vorbei zu kommen war überhaupt kein Problem. Die Damen tranken Kaffee und sahen nicht einmal hoch. Offensichtlich gab es gerade Frühstück, denn der Flur war menschenleer. Dafür sprachen auch die orangeroten Wagen, die auf dem Gang herumstanden und in denen das Essen von der Küche zu den einzelnen Stationen transportiert wurde.
Ein junger Arzt kam aus einem der Krankenzimmer und huschte mit einem respektvollen „Guten Morgen, Herr Professor!" an ihnen vorbei. Hämmerle straffte sich und nickte huldvoll zurück. Die Sache begann ihm zumindest in dieser Hinsicht allmählich Spaß zu machen. Dann sah er den uniformierten Wachmann vor Jungs Zimmer am Ende des Ganges und steuerte auf die Toilette zu.
Hiergeblieben, zischte Lilo. Sie schob ihn wieder in Richtung Wachmann.
Der Polizeibeamte saß auf einem Stuhl neben der Tür und balan-

cierte sein Frühstückstablett auf den Knien. Es schien gar nicht so einfach zu sein, ohne Tisch seine Semmeln zu schmieren. Die kleine Kaffeekanne kam bei jeder Bewegung bedenklich ins Schwanken. An Zeitunglesen war gar nicht zu denken. Der „Schwarzwälder Bote“ lag auf dem Fußboden. Offensichtlich kam der junge Mann aus dem Umland.

Lilo steuerte direkt auf die Tür zu. Sie hatte fast schon die Klinke in der Hand, als der Polizist reagierte. Er nahm sein Tablett in beide Hände, sprang auf und baute sich vor den beiden auf. Der Kaffee schwappte.

Visite, sagte Lilo streng und deutete auf Hämmerle. *Der Herr Professor hat es eilig.*

Aber ... stammelte der Polizist.

Nun machen Sie schon, schnauzte Hämmerle, *glauben Sie, ich habe ewig Zeit?*

Entschuldigung, der Wachmann wurde rot und gab die Tür frei, *ich tue ja nur meine Pflicht.*

Sicher, sicher, junger Mann! Hämmerle klopfte dem Jungen gönnerhaft auf die Schulter. *Das tun wir doch alle, nicht wahr?*

Lilo lächelte den falschen Arzt an und öffnete die Tür:

Kommen Sie, Herr Professor. Sie zog Hämmerle ins Krankenzimmer und schloss geräuschlos die Tür. Sie standen jetzt in einer Art Vorraum, der durch einen Paravent vom eigentlichen Krankenzimmer getrennt war. Lediglich das Fußende des Krankenbettes war zu sehen. Lilo legte ihren beringten Zeigefinger auf die Lippen und lugte um die Ecke. Dann zupfte sie an Hämmerles Ärmel und zog ihn aus der Deckung. Jean-Marie stand der Schweiß in dicken Perlen auf der Stirn. Er sah sich in dem Krankenzimmer um. Ein Fernseher, ein Tisch mit dem Frühstückstablett, Jungs obligater Panamahut lag auf dem Nachttisch. Jung selbst schlief mit offenem

Mund auf dem Rücken, den Kopf leicht zur Seite geneigt. Er schnarchte leise.

Lilo deutete auf Hämmerles Kitteltasche.

Der Recorder, flüsterte sie und zeigte auf den Panamahut. *Stellen Sie ihn dort drunter. Aber starten Sie vorher die Aufnahme.*

Dann räusperte sie sich vernehmlich. Jung fuhr hoch und verhedderte sich in seinem Infusionsschlauch.

Lilo! Er riss die Augen auf. *Was machst du denn hier?* Sein Blick fiel auf Hämmerle. *Wie seht ihr denn aus?*

Psst, machte Lilo. *Nicht so laut.* Dann sagte sie mit kräftiger Stimme in Richtung Tür:

So, jetzt machen wir uns mal frei! Sie senkte die Stimme wieder. *Wir wollten dich doch unbedingt besuchen. Sagen Sie doch auch mal was,* sie stieß Hämmerle in die Seite.

Gut so, er hob die Stimme. *Das machen wir ja schon ganz schön.* Er packte Jungs Arm und kniff hinein.

Au, rief der Maler.

Stellen Sie sich nicht so an, blaffte Jean-Marie gepresst. *Beim Bilderfälschen sind Sie doch auch nicht so zimperlich!*

Was will denn der? Jung sah Lilo Hilfe suchend an. *Was soll das alles überhaupt?*

Was das soll? Hämmerle schüttelte den Arm ein bisschen. *Das kann ich dir gleich sagen, du Betrüger.*

Wenn Sie nicht sofort aufhören, rufe ich um Hilfe, Jungs Stimme wurde hysterisch.

Das würde ich dir nicht empfehlen, Jean-Marie fischte die Diskette aus der Tasche und fuchtelte damit vor Jung herum. *Sonst erfährt die ganze Welt, dass die angeblichen Bissiers von dir sind. Hier ist alles gespeichert. Freia hat vor ihrem Tod alles aufgeschrieben. Mit Expertise und allem Drum und Dran,* log er, ohne rot zu werden. *Wahrscheinlich kommst du auch noch wegen Mordes an Freia Schönfeldt dran.* Hämmerle baute sich vor dem Krankenbett auf.

Mord? Tim Jung wurde so weiß wie das frisch gestärkte Krankenhauslaken. *Mit dem Mord habe ich nichts zu tun. Das müsst ihr mir glauben.*

Pah, sagte Jean-Marie. *Einem Betrüger wie dir glauben wir gar nichts. Also. Wie sieht's aus? Soll ich damit zur Polizei?* Er wedelte mit der Diskette.

Außerdem haben wir die Vorstudien zu den Bissiers aus deinem Atelier, bluffte Lilo. *Die sehen den Bildern, die im Museum hängen, verdammt ähnlich.*

Jung sank in die Kissen:

Bitte, ihr dürft mich nicht verraten. Wenn das rauskommt, bin ich erledigt. Köselmayr hat die ganze Sache eingefädelt, mit der amerikanischen Erbschaft und so. Ich habe nur mitgemacht, weil mir langsam die Schulden über den Kopf gewachsen sind. Ihr glaubt ja nicht, was so ein Leben als Malerkönig kostet, selbst in Freiburg. Er stöhnte. *Köselmayr hat auch mitgekriegt, dass Freia was gecheckt hat. Und die hat schon lange drauf gewartet, mich in die Pfanne zu hauen. Die hat nur so cool getan. Aber dass ich sie wegen Conny verlassen habe, hat sie mir nie verziehen. Aber glaub mir, Lilo, mit Conny zu leben ist Strafe genug.* Ihm traten Tränen in die Augen.

Waschlappen, zischte Hämmerle.

Ich war ganz schön in der Bredouille, Jung zog geräuschvoll die Nase hoch. *Freia hat ihre Geschichte überall in der Gegend rumposaunt. Als sie tot war, dachte ich, ich könnte die Sache aus der Welt schaffen. Deshalb bin ich auch ins Museum eingestiegen und wollte die Bilder wiederholen. Dann wären sie ein für alle Mal verschwunden und keiner hätte mehr prüfen können, ob sie echt waren oder nicht. Ich dachte, wenn es keine Beweise gibt, verläuft alles im Sand.*

Und was ist mit den drei Millionen, die ihr den Freiburgern aus der Tasche gezogen habt? blaffte Hämmerle.

Psst, machte Lilo, *ich glaube ich höre was. Da kommt jemand.*
Vor dem Krankenzimmer waren Stimmen zu hören.
Jetzt machen Sie kein Theater, keifte eine Frau. *Ich muss Blutdruck messen. Kommen Sie!* Lilo schob Hämmerle durch eine Tür neben dem Bett in das winzige Badezimmer. *Und du, Tim,* sie legte den Finger auf den Mund, *du sagst am besten kein Wort.* Dann zog sie die Tür bis auf einen winzigen Spalt zu.
Gerade noch rechtzeitig. Sekunden später stand Conny Jung im weißen Kittel vor dem Bett ihres Mannes.
Na, Liebelein, sagte sie spöttisch, *so schnell kann's gehen. Als Malerkönig lebt man wohl gefährlich, wa?*
Was willst du denn hier? stammelte Jung. Er hatte sich offensichtlich noch nicht ganz von seinem Schreck erholt. *Machst du jetzt auf Krankenschwester oder auf besorgte Ehefrau?*
Tztztz, wer wird denn so böse zu seinem lieben Weib sein? Das ist aber gar nicht nett. Wo ich doch extra, sie machte eine kleine Pause und hob die Stimme ein wenig, *aus Erkelenz von meiner alten Mutter hierher geeilt bin, um am Bettchen meines Gatten zu wachen. Und jetzt so ein Empfang.*
Halt die Klappe, du falsche Schlange, zischte Jung. *Ich hab mir deine Unverschämtheiten lange genug gefallen lassen. Du warst doch immer nur hinter meinem Geld her. Und jetzt willst du mich wohl beerben. Aber da bist du schief gewickelt. Sobald ich hier rauskomme, reiche ich die Scheidung ein. Ich habe die Nase endgültig voll.*
Was soll ich von dir denn erben? Conny stupste ihren Zeigefinger auf Jungs Brust, dass er aufstöhnte. *Du bist doch völlig pleite. Meinst du, das wüsste ich nicht? Du hast es ja sogar nötig, Bilder zu fälschen.*
Was? Ich?? Was soll denn der Scheiß? Jung lachte gekünstelt. *Woher hast du denn diese Räuberpistole?*
Gib dir keine Mühe. Ich weiß Bescheid. Conny war plötzlich ganz ruhig. Gefährlich ruhig. *Der ganze Deal mit den gefälschten Bissiers war mein*

Plan. Und du Idiot hast geglaubt, du würdest mit Köselmayr das große Geschäft machen. Dabei habe ich Karl-Uwe erst auf den Gedanken mit dem angeblichen Nachlass in den USA gebracht.
Im Bad riss Lilo aufgeregt an Hämmerles Ärmel. Der nickte. Köselmayr. Also doch. Irgendwie hatte er es geahnt, dass der schleimige Galerist mit in der Sache drinhing.
Es war leichtes Spiel, dich dazu zu kriegen, die Bilder zu fälschen, hörten sie Conny sagen. *Die „echten" Jungs will ja sowieso keiner mehr haben.* Sie lachte verächtlich. *Und Meineke, dieser Schwachkopf, hat sich die ganzen Dinger andrehen lassen, weil er karrieregeil ist. Der wollte von Karl-Uwe noch nicht mal eine Expertise sehen.* Sie machte eine Pause. *Die Einzige, die den Braten gerochen hat, war Freia. Wieso diese blöde Schnepfe dahinter gekommen ist, weiß ich auch nicht. Aber die war ja sowieso immer ganz wild auf Skandale. Besonders, wenn sie irgendwas mit dir zu tun hatten. Alte Liebe, wie?* meckerte Conny. *Auf jeden Fall musste ich sie aus dem Weg räumen. Karl-Uwe, das Weichei, hat gekniffen. Und jetzt bist du leider der Einzige, der noch quatschen kann. Du bist ein Sicherheitsrisiko. Nur schade, dass ich im Waldsee danebengeschossen habe. Dann wären Karl-Uwe und ich jetzt schon in der Karibik.*
Lilo schnappte nach Luft. Das war ein Ding. Conny als Doppelmörderin. Und außerdem trieb es dieses Luder auch noch mit Köselmayr. Aber was sollte man von einer Kölner „Hostess" auch anderes erwarten?
Das glaubst du, Tim Jungs Stimme war rau. *Freia hat alles aufgeschrieben. Die Diskette befindet sich in meinem Besitz.*
So, wo ist sie denn? höhnte Conny. *Glaubst du, du kannst mich verarschen? Überhaupt: Selbst wenn an deiner Geschichte was dran wäre, damit haust du dich doch selbst in die Pfanne.*
Jung sank wieder in die Kissen. Er atmete schwer.
Bei Freia lief es besser, zischte Conny. *Dass ich sie auf der Party in deinem*

Atelier erwischt habe, war eigentlich Zufall. Was hatte sie auch dort rumzuschnüffeln? Ich wollte nur noch ein Kabel für Lilos Auftritt holen. Aber dann stand da dieses blöde Eisenstück, das sie dir mal geschenkt hat. Soll ja Kunst sein. Und schon war's passiert. Buff. Sie kicherte gehässig. *Es ging so schnell, dass sie sich noch nicht mal gewehrt hat. Und soll ich dir was sagen? Es hat mir richtig Spaß gemacht, dieser Zimtzicke eins überzuziehen.*
Du hast sie mit der Skulptur von Judd erschlagen? Jungs war fassungslos. *Sag jetzt nicht, du hast sie weggeworfen.*
Die Rostkeule liegt irgendwo in Lilos Garten. Wahrscheinlich ist schon Gras drüber gewachsen. Jetzt war es Hämmerle, der Lilo am Ärmel zog. *Das Eisenstück,* wisperte er. *Ich weiß, wo es ist. Da bin ich drüber gestolpert. Bei Ihnen im Garten.*
Aber darüber brauchst du dir nun wirklich keine Gedanken mehr zu machen. Connys Stimme war jetzt seltsam ruhig und kalt. *Da wo du jetzt hingehst, brauchst du gar nichts mehr. Jetzt bist du nämlich dran, Liebelein.*
Lilo war kreidebleich. Aus dem Krankenzimmer kamen gurgelnde Laute. Irgendetwas fiel um. Lilo riss die Tür auf. Conny stand am Krankenbett und drückte mit aller Kraft ein Kissen auf Tim Jungs Gesicht. In der anderen Hand hielt sie eine Pistole.
Halt!! schrie Lilo.
Conny fuhr herum:
Du alte Schachtel! kreischte sie und schleuderte Lilo das Kissen entgegen. Dann knallte ein Schuss. Putz rieselte von der Wand. Lilo warf sich auf Conny und entriss ihr die Pistole. Die trat nach der alten Dame und schubste sie grob zur Seite. Lilo ging zu Boden und nahm Hämmerle mit. Eine Tür wurde aufgerissen. Es polterte gewaltig. Geschirr klirrte. Connys Absätze klapperten laut, als sie den Flur entlangrannte.
Lilo war als Erste wieder auf den Beinen. Sie schnappte die Pistole. Dann stürzte sie zum Krankenbett und rüttelte an Tim Jungs

Schulter. Er hatte die neuerliche Attacke offensichtlich ohne weitere Verletzungen überstanden.
Hinterher! keuchte sie und fuchtelte mit dem Revolver Richtung Tür.
Halt, der Recorder, brüllte Hämmerle. Er grapschte nach dem Panamahut, unter dem der Kassettenrecorder verborgen war, und steckte das Gerät in die Kitteltasche. Dann hasteten die beiden aus dem Zimmer auf den Flur, vorbei an dem Polizeibeamten, der zwischen den Resten seines Frühstücks auf dem Boden lag.
Da! Lilo deutete auf die Stationstür, durch die Conny gerade davonrannte.
Hämmerle und Lilo stürzten hinter ihr her. Aus einem Krankenzimmer kam eine Schwester mit einem Nachtgeschirr in der Hand.
Aus dem Weg! brüllte Jean-Marie, aber zu spät. Er rannte die Schwester um, die laut schreiend zu Boden fiel. Als die beiden auf den Zentralflur kamen, war von Conny nichts mehr zu sehen.
Sie muss da runter sein. Lilo deutet atemlos auf das Treppenhaus. Die beiden hetzten die Stufen hinab zum Haupteingang. Keine Spur von Conny.
Ich wette, sie versucht, durch die Gänge im Keller abzuhauen. Hämmerle war schon unterwegs in Richtung Röntgenarchiv.
Welche Gänge? schnaufte Lilo hinter ihm.
Das ganze Klinikgelände ist unterhöhlt. Kilometerlange Transportgänge. Das ist ein Kinderspiel, da abzuhauen.
Das Gangsystem kannten nur die Eingeweihten. Vor seiner Taxizeit hatte Hämmerle neben seinem vergeblichen Studium als Nachtwache gejobbt. Daher wusste er von den fünf Kilometer langen Tunnels, die alle Klinikgebäude unterirdisch miteinander verbanden, einschließlich Zentralküche, Apotheke und Wäscherei.
Er bog um eine Ecke. Vom Vorraum des Röntgenarchivs aus sahen sie einen schmalen hell erleuchteten Gang, an dessen Wänden die

Versorgungsleitungen des Fernheizkraftwerks entlangliefen. Ein paar Meter weiter kreuzte ein weiterer Tunnel, der leicht abschüssig in die Katakomben des Klinikums führte. Hämmerle blieb stehen: *Die ist weg,* schnaufte er. *Auf Nimmerwiedersehen.*

Los kommen Sie, Sie Flasche, Conny muss irgendwo da hinten sein.

Da geh ich nicht rein, das ist viel zu gefährlich, japste Hämmerle und deutete auf ein leuchtend rotes Schild. Es hing über einem geöffneten Rolltor und drohte in riesigen schwarzen Lettern „KEIN DURCHGANG! LEBENSGEFAHR!" Aber Lilo zog ihn am Ärmel über das niedrige grüne Geländer.

Achtung! Kopf!! brüllte Hämmerle. Im letzten Augenblick konnte Lilo zur Seite springen und dem Transportcontainer ausweichen, der an einer Deckenschiene auf sie zu rumpelte.

Mein lieber Scholli, keuchte sie. *Was war das denn?*

Das ist das Translift-System, antwortete Hämmerle außer Atem. *Eine automatische Warentransportanlage. Über diese Schienen,* er deutete an die niedrigen Decken, *wird das gesamte Versorgungssystem der Klinik organisiert. Jeder Transport hat seine eigene Farbe. Achtung!* Er riss Lilo zur Seite. Woschsch! machte es.

Ganz schön was los hier, staunte Lilo und ordnete ihre Frisur.

In der Tat. Es herrschte reger Verkehr. Die computergesteuerten Container transportierten einfach alles, was eine Klinik so brauchte: Essen, Medikamente, frische und gebrauchte Wäsche und Müll. Ihr Schienennetz verband die Chirurgie mit der Apotheke und der Blutbank, der Frauenklinik, dem Neurozentrum, der Dialyse, der HNO und der Küche. Dem Vernehmen nach hatten sich eine ganze Zeit lang zwei Penner in dem unterirdischen Gangsystem eingenistet und die vollen Tabletts von den Essenwagen abgegriffen.

Das hat keinen Sinn. In diesem Labyrinth finden wir die nie, sagte Hämmerle und versuchte, Lilo festzuhalten. *Das ist aussichtsl...*

Psst, machte Lilo. Sie drückte sich an die Wand, von der leise der Putz bröckelte. In der Ferne kreuzte ein Hausmeister auf einem Fahrrad laut pfeifend den Gang.

Woschsch! Ein Container verfehlte nur knapp Hämmerles Kopf.

Früher haben die übrigens hier die Leichen transportiert, schwadronierte er, an die Wand gepresst, während ein weiterer Container an ihnen vorbeirauschte.

Ehrlich? Lilo war begeistert und wischte sich eine Spinnwebe aus der Frisur. Ein paar Meter weiter zweigte ein weiterer Gang ab.

Kommen Sie, wir müssen da lang. Lilo spähte um die Ecke.

Achtung, zischte sie, *da vorne ist sie.*

Am Ende des endlosen Tunnels rannte Conny gerade um eine Kurve und verschwand aus ihrem Blickfeld.

Los, hinterher. Lilo legte einen Spurt ein.

Vergebens. Conny war in den unergründlichen Tiefen der Katakomben unter dem Universitätsklinikum verschwunden. Es hatte tatsächlich keinen Sinn, sie zu verfolgen. Das Labyrinth hatte sie verschluckt.

In der klinikeigenen Wäscherei wurde die gesamte Schmutzwäsche des gigantischen Freiburger Krankenhauskomplexes gereinigt. Die gebrauchte Wäsche, die in grün-blauen Containern in der Waschküche ankam, wurde von Hilfskräften per Hand sortiert und durch Schächte in riesige blaue Wäschesäcke geworfen. Ein kompliziertes Kransystem transportierte die Säcke dann über Deckenschienen weiter zu den ebenso gigantischen Waschmaschinen, wo sie in riesenhaften Trommeln gereinigt wurden.

Der neue Zivi hatte sich seinen Friedensdienst eigentlich anders vorgestellt. Von körperlicher Schwerstarbeit hatte niemand etwas gesagt. Jetzt stand er hier in der stickigen Wäscherei und warf den lieben langen Tag Wäsche in Sortierschächte. Gerade öffnete er wieder einen der blau-grünen Wagen, in denen die Schmutzwäsche angeliefert wurde. Kaum hatte er die Containerklappe aufgemacht, schoss ihm eine Faust entgegen. Knochen knirschten, dann wurde es schwarz um ihn herum. Nur einem glücklichen Zufall verdankte er es, dass er nicht in einen der Schächte fiel und zusammen mit der Schmutzwäsche aus dem OP in einer der riesigen Waschmaschinen landete.

Eine Stunde später raste Conny Jung über die Autobahn in Richtung Frankreich. Auf dem Beifahrersitz saß Karl-Uwe Köselmayr.

Badische Lösungen

Harry Stefan drückte die Stoptaste des Kassettengerätes. Selbst ihm, dem hartgesottenen Kriminaler, hatte die Aufnahme aus der Uniklinik einen gehörigen Schauder über den Rücken gejagt. Er wandte sich an Lilo König-McCarthy:

Ich muß Ihnen ja wohl nicht sagen, gnädige Frau, dass Ihre Vorgehensweise zutiefst ungesetzlich ist. Mit den Prinzipien des Rechtsstaates jedenfalls nicht zu vereinbaren. Aber manche Leute, er sah Hämmerle böse an, *scheint das ja nicht zu interessieren. Leider sind die Aufnahmen unter dem Aspekt der Gerichtsverwertbarkeit äußerst zweifelhaft. Illegale Aufnahmen, tztztz,* er schüttelte den Kopf. *Ungesetzliches Eindringen in einen polizeilich abgeriegelten Bereich. Und dann haben wir da noch: Beeinflussung eines wichtigen Zeugen. Unterschlagung von Beweismaterial. Betrug und Hochstapelei. Nicht wahr, Herr Professor?* Er sah Hämmerle mit gekünstelter Anteilnahme an. *Da kommt einiges zusammen. Ich hoffe, Sie haben einen guten Anwalt.*

Hämmerle machte eine Faust in der Tasche. So waren sie, die Bullen, dachte er bitter. Da löste man ihnen einen Fall, den sie selbst nie auf die Reihe gekriegt hätten. Und statt dankbar zu sein, machten sie ein Riesentheater, bloß weil es an der ein oder anderen Stelle nicht ganz so abgelaufen war, wie es die Staatsmacht vorsah. Dabei hatte schon Fritz Teufel gesagt: „Wenn's der Wahrheitsfindung dient."

Stefan wandte sich wieder an Lilo:

Bei Ihnen, gnädige Frau – nun, er hüstelte, *vielleicht lässt sich in Anbetracht Ihres hohen Alters etwas machen, Sie könnten auf Prozessunfähigkeit plädieren – aber bei Herrn Hämmerle sehe ich da keine Chance.* Harry Stefan feixte

innerlich. Endlich würde er den Dicken drankriegen.
Ich habe Ihnen ein Geschäft vorzuschlagen, Herr Kommissar. Lilo drehte unschuldig an ihrem Brilli und lächelte Stefan an.
So? Der Kommissar zog die Augenbrauen hoch. *Schimanski, hol doch mal Kaffee,* sagte er dann zu seinem neuen Assistenten und wartete, bis sich die Tür hinter ihm geschlossen hatte. *Ein Geschäft?* fragte er. *Nun, da bin ich aber gespannt.* Er lehnte sich zurück.
Eine halbe Stunde später war man handelseinig. Lilo und Hämmerle würden Stefan die Beweismittel und die Tatwaffen übergeben. Harry Stefan könnte so die Lösung des Falls auf seinem eigenen Konto verbuchen. Außerdem würde er ab dem nächsten Ersten gegen ein stattliches Honorar bei Lilo als freiberuflicher Sicherheitsberater anheuern. Im Gegenzug kämen Hämmerle und Lilo ungeschoren davon und Pikulski würde so schnell wie möglich aus dem Gefängnis entlassen werden. So einfach konnte das Leben sein. Im Breisgau jedenfalls.
Noch am selben Tag wurde Conny Jung zur Fahndung ausgeschrieben. Über den eigentlichen Hintergrund und die Motive der Taten aber schwieg Stefan. Offiziell hatte er von der ganzen Fälschungsgeschichte sowieso keine Ahnung. Zwar waren die Aufnahmen auf dem Tonband eindeutig, aber wie gesagt, das Band war illegal und vor Gericht nicht verwertbar. Außerdem hatte Stefan nicht die geringste Lust, sich weiter mit der Breisgau-Bohème zu befassen. Die Vernehmungen der letzten Tage hatten ihm und seiner Leber gereicht. Kurz: Die Kunstfälschungen konnten nicht bewiesen werden, also gab es sie nicht. Die Tatwaffen hingegen würden mit Sicherheit Connys Fingerabdrücke aufweisen, zumindest die Pistole. Außerdem würde der Wächter vor dem Krankenzimmer Conny schon wiedererkennen, auch wenn Stefan vielleicht etwas nachhelfen musste. Der Kommissar entschloss sich, aus dem

Fall eine Ehetragödie zu machen. Eifersucht kam immer gut. Und sollte der ominöse Laptop, von dem Lilo berichtet hatte, doch noch irgendwo auftauchen, so würde man das Gerät einfach beschlagnahmen und die Aufzeichnungen, die sich vermutlich darauf befänden, als Hirngespinste einer sensationslüsternen Journalistin abtun. Wenn man den Code überhaupt knacken könnte.

Es war wirklich ganz einfach. Im Nachhinein wunderte sich Dr. Gustav Reich, dass er so lange dafür gebraucht hatte. Zwei Nächte lang hatte er vor Freia Schönfeldts Laptop gesessen und nach dem richtigen Passwort gesucht. Als er nach einer halben Flasche Cognac völlig entnervt „Freia, du Arsch" eintippen wollte, rutschte er aus Versehen nach dem Wort „Freia" von der Komma-Taste ab und geriet auf die Enter-Taste. Sofort sprang der Computer an. „Freia" - natürlich! Was für ein Passwort hätte sich die egomanische Ziege auch sonst auswählen sollen. Dass er da nicht eher drauf gekommen war ...

Jetzt war es früher Morgen und Reich saß immer noch am Schreibtisch. Freias Story war wirklich ein Knaller. Das sah der erfahrene Pressemann sofort. Dass er Freias Computer gefunden hatte, war ein Zufall gewesen. Eigentlich hatte er vor ein paar Tagen seinen Freund Art nur zur feierlichen Übergabe der Bissiers ins Museum abholen wollen. Aber Art war nicht da gewesen. Zum Glück hatte Reich einen Schlüssel. In der Wohnung hatte er den Laptop gesehen und war, gelinde gesagt, ziemlich überrascht, hier den Computer eines Mordopfers zu finden. Den pinkfarbenen Laptop kannte er von zahllosen Pressekonferenzen genau und auf dem Bildschirmschoner tänzelte, wie um ihn zu ärgern, der Name seiner Konkurrentin Freia herum. Kurz entschlossen nahm er den Computer mit, und um seine Spuren zu verwischen, hatte er die Wohnung ein

bisschen durcheinander bringen müssen. Das Ganze sollte wie ein stinknormaler Einbruch aussehen.
Reich zündete sich eine Pfeife an. Allmählich begann er, sich Sorgen zu machen, nach allem was er wusste. Art Meineke war nicht zur Übergabe der Bissiers erschienen und seitdem spurlos verschwunden. Freia hatte Recht gehabt mit ihrem Verdacht. Sie war einem echten Fälschungsskandal auf die Spur gekommen. Ihre Beweise waren eindeutig. Zusammen mit Tim Jung hatte Köselmayr Art Meineke die falschen Bissiers untergejubelt. Und niemand außer Freia hatte etwas gemerkt. Im Gegenteil. Alle, er selbst eingeschlossen, hatten die Brillanz, die frühe Reife und den typischen Duktus der angeblichen Bissiers gerühmt. Das war eine Bombe.

Es war früher Vormittag, als Reich durch das beharrliche Surren seiner Türklingel hochschreckte. Er war wohl ein bisschen eingenickt. Als er die Tür öffnete, traf ihn fast der Schlag. Vor ihm stand ein völlig aufgelöster Art Meineke mit einem Stapel Bilder und einer BILD-Zeitung unter dem Arm.
Hast du schon gelesen? fragte er und streckte Reich die Zeitung entgegen. Die Schlagzeile auf der ersten Seite stach ihm in die Augen: EIFERSUCHTSDRAMA IM KÜNSTLERMILIEU stand dort in zentimeterhohen Lettern. Reich überflog den Artikel. Es ging um den Mord an Freia und den Mordversuch an Tim Jung. Aber kein Wort von den Fälschungen, kein Wort von dem Ankauf der Bilder. Stattdessen eine knallige Story über sex and crime in der Breisgau-Bohème. Nach dem Artikel hatte Conny Jung ihre ehemalige Nebenbuhlerin Freia Schönfeldt aus Eifersucht getötet und anschließend versucht, auch ihren Mann umzubringen. Seitdem war sie spurlos verschwunden. Die Rolle ihres Begleiters Karl-Uwe Köselmayr schien nicht ganz klar zu sein, vermutlich, so der Be-

richt, hatte sie ihn als eine Art Geisel gezwungen mitzukommen. So wurde zumindest die völlig aufgelöste Frau Köselmayr zitiert.
Als Reich die Zeitung beiseite legte, zeigte Meineke ihm die Bilder, die er mitgebracht hatte, und erzählte seinem Gustav die ganze Geschichte: Wie er die Bissiers gekauft hatte. Wie er schließlich einsehen musste, dass die Bilder falsch waren. Wie er mit Lilo und Hämmerle zusammen Jung als Fälscher überführt hatte. Wie er Hämmerle und Lilo mit der Pistole bedroht hatte, um seine Haut zu retten. Wie er sich in den letzten Tagen in einem kleinen Hotel im Hochschwarzwald verschanzt hatte und dem Oberbürgermeister nie wieder unter die Augen treten wollte. Bis er heute Morgen die BILD-Zeitung sah. Da war ihm ein Stein vom Herzen gefallen. Ach was, ein Stein - der Feldberg. Von gefälschten Bildern als Motiv für den Mord an Freia Schönfeldt war keine Rede. Stattdessen jede Menge Familiendrama. Das Ganze war ihm zwar unbegreiflich. Aber egal, er war aus dem Schneider. Es war, als sei alles nur ein Spuk gewesen.
Reich hörte sich die Beichte seines Lebensgefährten mit unbewegter Miene an. Mit keinem Wort gab er zu erkennen, dass auch er die wahre Geschichte kannte. Zum Glück hatte er Freias Laptop in seinen Safe geschlossen und dort sollte er auch bleiben. Dass er Meinekes Wohnung verwüstet und eine Miles Davis Platte zerbrochen hatte, um an den Computer zu kommen, würde Art ihm nie verzeihen. Also spielte er den Ahnungslosen.
Als Meineke mit seinem Bericht am Ende war, saß er wie ein Häufchen Elend auf der Couch. Reich ging zum Kühlschrank und schenkte seinem Freund ein Glas Prosecco ein. Er setzte sich neben ihn und drückte ihm das Glas in die Hand.
Da, trink mal, das wird dir gut tun, sagte er und nahm Meineke fest in den Arm. *Den Rest überlässt du jetzt mir. Es ist alles ganz einfach. Gib mir*

die Bilder und ich werde das Ding schon schaukeln. Du musst bloß den Mund halten. Und du sollst mal sehen, Freia ist nicht umsonst gestorben.

Zur gleichen Zeit stand Hämmerle an sein Taxi gelehnt vor dem schweren Eisentor des Untersuchungsgefängnisses am Holzmarkt und wartete auf seinen Freund Dieter Pikulski, dessen Entlassung unmittelbar bevorstand. Schlag zwölf öffnete sich die Tür und Pikulski erschien mit einem kleinen Kunstlederkoffer im Torbogen. Er blieb kurz stehen und sah noch einmal die hohen Mauern hinauf.

Ey Pikulski, schrie plötzlich eine Männerstimme aus einem vergitterten Fenster im zweiten Stock, *willst du schon gehen, Süßer?*

Pikulski machte, dass er wegkam.

Hallo, rief ihm eine andere Stimme hinterher, *das war aber ein kurzes Vergnügen.*

Plötzlich grölte es von überall her:

Wärm schon mal das Bettchen an, ich komme bald raus.

Jetzt ist unser Polizeiobermeister aber sehr traurig.

Machs gut, bis bald, Schatzi!

Pikulski hechtete auf den Beifahrersitz.

Was war das denn? Jean-Marie sah Dieter misstrauisch an.

Glotz nicht so, raunzte Pikulski, *ich kann auch nichts dafür.*

Sooooo? fragte Hämmerle gedehnt, *das hat sich aber ganz anders angehört, „Schatzi“.*

Dieter wurde knallrot:

Ich schwör dir, da war nichts. Wenn du wüsstest, was ich da drinnen mitgemacht habe ...

Das glaub ich gern, sagte Hämmerle und glühte den Diesel der Taxi-Zentrale vor. *Muss ja ein ziemlich fideles Gefängnis gewesen sein.*

Ein paar Tage später saß der Oberbürgermeister der Stadt Freiburg

in seinem Amtszimmer und korrigierte sein Redemanuskript. Heute kam es darauf an, den Großkopfeten aus Stuttgart ordentlich Paroli zu bieten. Immerhin hatte sich der Ministerpräsident schon wieder persönlich in der Stadt angesagt. Es war Wahlkampf und die Landespolitiker ließen keine Gelegenheit aus, sich auch die Erfolge ans Revers zu heften, mit denen sie nun wirklich überhaupt nichts zu tun hatten. Noch einmal, das hatte sich der OB fest vorgenommen, sollte es den Stuttgartern nicht gelingen, den großen Sohn der Stadt, Julius Bissier, für sich zu vereinnahmen. Er erinnerte sich noch mit Grausen an die feierliche Übergabe der Bissiers in der letzten Woche. Da war er ganz schön ins Schwitzen gekommen. Und alles wegen diesem Blödian vom Museum. Der war immer noch nicht wieder aufgetaucht, und das würde Konsequenzen haben.
Diesmal war er besser vorbereitet. Zwei Tage lang hatte er an seiner Rede schreiben lassen und immer wieder persönlich Korrektur gelesen. In aller Eile hatte sein Pressesprecher eine Vortragsreihe im Museum für Neue Kunst aus dem Boden gestampft, die den ehrgeizigen Titel „Innovation und Solidarität – Die Stadt im Wandel: Das bürgerschaftliche Engagement an der Schwelle zum dritten Jahrtausend“ trug. Die Gelegenheit zur Selbstdarstellung durch den Ankauf der neuen Bissiers musste man nutzen. Der erste Vortrag sollte heute vor den Rotariern gehalten werden. Und schon hatte man die Stuttgarter mit ihren Grußworten wieder am Hals.

Während der OB in seine Rede vertieft war, bahnte sich ein paar Zimmer weiter eine Wende in der Freiburger Kulturpolitik an. An die Tür des Referenten Max van der Linden klopfte es. Er fuhr hoch. Himmel, er hatte doch ausdrücklich verfügt, nicht gestört zu werden. Im Augenblick stand er mächtig unter Druck. Andauernd tauchten die Stuttgarter in der Breisgau-Metropole auf und er musste eine Rede nach der anderen schreiben. So langsam fiel ihm nichts mehr ein. Er klappte das Werk „Redenschreiben leicht gemacht“ zu und legte eine Zeitung darüber.

Mrmrmrm, knurrte er dann in Richtung Tür.

Entschuldigung, sagte die Sekretärin, *aber ich ...*

Weiter kam sie nicht.

Ist schon gut, blaffte eine männliche Stimme hinter ihr, *wir wollen ungestört sein.*

Jetzt sah der Referent, wer der ungebetene Besucher war. Gustav Reich. Auch das noch.

Also, lieber Dr. Reich, bei aller Sympathie für unsere Presse, säuselte er, *aber so geht das nun wirklich nicht. Sie wissen doch, dass ich sonst immer Zeit für Sie habe, aber wir haben gleich den Minister ...*

Ich glaube, da komme ich gerade noch rechtzeitig. Reich schob die Sekretärin aus dem Zimmer und knallte die Tür zu. *Ich brauche nur fünf Minuten.*

Er setzte sich in den Besucherstuhl vor dem Schreibtisch und schlug die Beine übereinander. Dann kramte er aus der Innentasche seines Jacketts zwei eng beschriebene Manuskriptblätter hervor und legte sie vor dem Referenten auf den Tisch:

Was wird dazu wohl Ihr Chef sagen? Ich dachte, es wäre fair, wenn ich es Ihnen zu lesen gebe, bevor es morgen in Druck geht.

Van der Linden runzelte die Stirn:

Also, verehrter Dr. Reich, es ist jetzt wirklich nicht die Zeit ...

Dann fiel sein Blick auf die Überschrift: „Die Stunde des Fälschers: Die Stadt Freiburg vergibt drei Millionen für falsche Bissiers – und niemand will daran schuld sein“. Die Farbe wich aus seinem Gesicht. Er nahm die Blätter und las.

Zehn Minuten und einen Hefe aus dem Notfallschrank seines

Büros später hatte der Referent langsam ein wenig von seiner Farbe und Fassung zurückgewonnen:
Also, Herr Dr. Reich, sagte er, *verstehen Sie mich nicht falsch, ich habe natürlich nicht die geringsten Zweifel an Ihrer Kompetenz und Glaubwürdigkeit. Aber das sind doch völlig haltlose Behauptungen. Ich meine, wir haben die Bilder natürlich auf ihre Echtheit geprüft. Da waren doch unsere Fachleute am Werk. Und für die leg ich meine Hand ins Feuer. Der Herr Meineke zum Beispiel,* der Referent räusperte sich. *Und außerdem haben wir die Expertisen.*
Ach ja? Reich war die Ruhe selbst. *Wo denn?*
Äh, ja, da wo sie hingehören. Der Referent kam leicht ins Schwimmen. Reich lächelt den Mann sanft über die Goldränder seiner Lesebrille hinweg an und strich sich über das Haar:
Lieber verehrter Herr van der Linden, Sie täuschen sich. Es gibt keine Expertisen. Die Bilder sind definitiv falsch. Und ich bin hier, um Sie zu warnen.
Der Referent schluckte:
Wer weiß denn sonst noch von Ihrem „Verdacht"? fragte er.
Noch niemand, antwortete Reich. *Deshalb bin ich ja hier.* Er lehnte sich entspannt zurück. *Ich nehme übrigens auch einen.* Er deutete auf die Schnapsflasche.
Als Reich das Büro des Referenten eine Stunde später verließ, war das Problem in gut badischer Manier gelöst. Van der Linden nahm noch einen tüchtigen Schluck, diesmal direkt aus der Flasche. Keiner würde etwas über die wahre Herkunft der Bissiers erfahren, vor allem der Alte nicht. Sonst wäre er geliefert. Van der Linden lockerte seine Krawatte. Ihm war verdammt heiß bei dem Gedanken. Aber er war zuversichtlich: Die Sache mit dem Kulturbürgermeister würde er dem OB schon irgendwie beibringen. Und der wiederum würde den Gemeinderat überzeugen. Das Freiburger Stadtparlament war für den Oberbürgermeister schon immer

ein leichtes Spiel gewesen. Die Abgeordneten aller Parteien fraßen dem Alten sozusagen aus der Hand. Und zum Glück war gerade Wahlkampf. Da machte sich der Einsatz für die Kultur immer gut.

Das Große Haus des Freiburger Theaters platzte schier aus allen Nähten. Auf diesen Abend hatte die Freiburger Kulturbürgerschaft lange warten müssen. Nun war es endlich so weit. Heute abend sollte der neue Kulturbürgermeister seine Antrittsrede halten. Für alle überraschend, hatte der Oberbürgermeister vor kurzem erklärt, er selbst sei durch überregionale Verpflichtungen - zum Beispiel im Rundfunkrat des SWR - so sehr in Anspruch genommen, dass er seine Aufgaben als Kulturchef der Stadt doch gerne delegieren wolle, zumal die Kultur auch durch die jüngsten Einkäufe im Museumsbereich einen ganz neuen Stellenwert in der Stadt gewonnen habe. Außerdem hatte er scherzhaft auf sein nahendes Rentenalter hingewiesen und hintersinnig formuliert, dass Kultur in Freiburg eben Chefsache sei. Und deshalb brauche die Kultur einen Chef, der sich ihr voll und ganz widmen könne. Einen Chef, so der OB weiter, der ebenso erfahren wie unbelastet von allen parteipolitischen Verwicklungen agieren könne, kurz, einen Seiteneinsteiger mit erwiesener Kompetenz.
Diese Stellungnahme hatte den Referenten ein schönes Stück Arbeit gekostet.
Als Dr. Gustav Reich die Bühne des Großen Hauses betrat, brandete dem neuen Kulturbürgermeister Beifall entgegen. Mit ausgebreiteten Armen stand er einige Minuten an der Rampe und nahm die Ovationen der Freiburger auf. Schließlich verbeugte er sich tief und ging zum Rednerpult:
Meine Damen und Herren, liebe Freunde, es war mir nicht in die Wiege gelegt, eines Tages hier vor Ihnen zu stehen ...

Hämmerle saß zwischen Lilo König-McCarthy und ihrem neuen Sicherheitsberater in der ersten Reihe. Reichs Worte rauschten an ihm vorbei. Da war die Rede von Kultur als Entäußerung, Kultur als Verpflichtung, von kulturellem Erbe und kultureller Verantwortung. Als Reich bei dem Begriff der „Wahrheit als Primärtugend der Kunst“ angelangt war, konnte sich Hämmerle ein gedämpftes „Hört, hört“ nicht verkneifen. Sofort machte es „Psst, pssst“ um ihn herum. Hämmerle winkte ab. Sollten sie sich doch alle verarschen lassen. Ihm war es egal.

Finissage

Hans-Paul Schreckenstein, ein längst vergessener Kunsthistoriker aus Freiburg, saß in seinem Exil, einer Hafenkneipe in Fort de France auf Martinique, und stierte auf sein Blatt. Full House. Jetzt hieß es, die Ruhe bewahren. Vor vielen Jahren war Schreckenstein auf der Flucht vor dem Freiburger Pizza-Paten hier gestrandet. Seitdem nagte die Sehnsucht nach der Heimat an ihm. Jetzt musste es im Breisgau bald Herbst werden, dachte er. Die Luft, erinnerte er sich dunkel, war dann herrlich kühl und auf dem Münstermarkt würde es bald den ersten Neuen Süßen geben, ein Zeug, das lange nicht so auf die Leber ging wie der weiße Rum, den man hier zu trinken pflegte. Er hatte in den letzten Jahren so manche Freiburger kommen und gehen sehen. Manchmal war es auf der Hafenpromenade zugegangen wie auf der Kaiser-Joseph-Straße. Schließlich waren die Flüge von Mulhouse nach Martinique spottbillig.
Aber das Pärchen, das er vor einigen Wochen aufgelesen hatte, war ein ganz besonderes Kaliber. Eine schrille Blondine, die sich das Haar mit Käsehäppchen hoch gesteckt hatte und ein dicklicher Kunsthändler mit einem albernen Zöpfchen im Nacken. Die beiden schienen ebenso viel Geld wie Dreck am Stecken zu haben. Und sie waren, so hatte er an einem hochprozentigen Abend erfahren, wie er Opfer dieses dicken Freiburger Taxifahrers, mit dem er vor vielen Jahren ein römisches Hotelzimmer geteilt hatte. Seine Wut auf diesen Hämmerle war auch nach all den Jahren ungebrochen. Momentan waren ihnen zwar allen die Hände gebunden. Doch der Tag der Rache würde kommen, da war er sicher. Es war

alles eine Frage der Zeit. Grinsend blätterte Schreckenstein sein Full House auf den Tisch.

Zur gleichen Zeit saß Jean-Marie Hämmerle einige tausend Kilometer entfernt mit Lilo und Pikulski am Stammtisch des „Litfass" in der Freiburger Moltkestraße. Im Breisgau war es jetzt Herbst. Das Laub in den Bäumen färbte sich langsam von Grün nach Gelb. Vereinzelt fielen die ersten Blätter. Die Kastanien glänzten in der herbstlichen Sonne und über allem wölbte sich ein Himmel von einem geradezu mediterranen Blau. Die Tage waren jetzt so klar, dass man vom Schlossberg aus bis zu den Vogesen sehen konnte. Auf dem Münstermarkt leuchteten die Äpfel mit den Backen der Bäuerinnen um die Wette. Es gab den ersten Neuen Süßen und Zwiebelkuchen.

Noch eine Runde Köpi, Kleine, trompetete Lilo zu der zierlichen blonden Wirtin Dina hinüber. *Und drei Ouzo. Und eine Lage für Tim und den Herrn Bürgermeister.*

Der Reich hat schon genug, blaffte Dina. *Der muss uns morgen wieder regieren.*

Die drei am Stammtisch feixten und sahen verstohlen zum Nebentisch.

Dort hing Dr. Gustav Reich und gab sich zusammen mit Tim Jung die Kante. Reich trug ein grellbuntes Hawaiihemd, das Hämmerle entfernt an die Hundstage des vergangenen Sommers erinnerte. Seit Reichs ehemaliger Lebensgefährte Art Meineke und die Künstlerin und Ex-Fremdsprachensekretärin Pako geheiratet hatten, war er nicht mehr derselbe. Selbst sein großzügiges Angebot, Art zum neuen Intendanten des Theaters zu machen, hatte Meineke nicht vom Standesamt fernhalten können.

Jung dagegen trug sein übliches Schwarz. Die Folgen des Anschlags hatte er einigermaßen verdaut. Dass er Conny los war, war ihm die Sache wert. Im Gegensatz zu Reich soff er nicht aus Trauer, sondern aus purer Lebensfreude. Reich dazu zu bringen, seine Vorstudien und Skizzen zu den Bissiers rauszurücken, hatte ihn einige Überwindung gekostet. Ihm war immer noch nicht ganz klar, wie die Blätter aus seinem Atelier in Reichs Wohnung gelangt waren, aber egal. Jetzt hatte er Ruhe. Und die gefälschten Bilder hingen echt im Museum. Hin und wieder ging er hin, um seine Werke zu bewundern. Aus ihm hätte ein neuer Bissier werden können.

Am Stammtisch hatte Dina inzwischen die nächste Runde serviert.

Also Prost, sagte Lilo und kippte den Ouzo. Ihr Blick streifte das Hemd des Bürgermeisters. *Auf unsere Reise. Ich hab die Tickets heut geholt: dreimal Mulhouse – Martinique. Als kleine Erholung nach all der Aufregung. Außerdem sind die Flüge zur Zeit spottbillig.*

Auf unsere Reise, Pikulski hob das Glas. Draußen war gerade mit quietschenden Reifen ein knallroter Sportwagen vorgefahren. Hämmerle konnte durch die großen Fenster des Litfass einen kurzgeschnittenen blonden Haarschopf hinter dem Steuer des Flitzers erkennen. Aha, dachte er, die Anwältin.

Ich gehe dann mal, Dieter stieß mit den beiden an, dann klopfte er zum Abschied auf den Tisch und stand auf. *Auf unsere Reise,* sagte er.

Auf unsere Reise, erwiderte Jean-Marie Hämmerle. Eigentlich war es ihm in der Karibik viel zu heiß. Aber Hauptsache, er war weit weg von der Breisgau-Bohème.